Des

Por fin suyo

EMILIE ROSE

HARLEQUIN

Editado por HARLEQUIN IBÉRICA, S.A.
Núñez de Balboa, 56
28001 Madrid

I.S.B.N.: 978-84-671-7987-3
Depósito legal: B-5405-2010
Editor responsable: Luis Pugni
Preimpresión y fotomecánica: M.T. Color & Diseño, S.L.
C/ Colquide, 6 portal 2 - 3º H. 28230 Las Rozas (Madrid)
Impresión y encuadernación: LITOGRAFÍA ROSÉS, S.A.
C/ Energía, 11. 08850 Gavá (Barcelona)
Fecha impresion para Argentina: 25.10.10
Distribuidor exclusivo para España: LOGISTA
Distribuidor para México: CODIPLYRSA
Distribuidores para Argentina: interior, BERTRAN, S.A.C. Vélez
Sársfield, 1950. Cap. Fed./ Buenos Aires y Gran Buenos Aires,
VACCARO SÁNCHEZ y Cía, S.A.
Distribuidor para Chile: DISTRIBUIDORA ALFA, S.A.

Capítulo Uno

—¿Qué?

Dana Fallon se encogió al oír el tono irritado de Max Hudson, pero no pudo culparle por ello. Hudson Pictures estaba trabajando contra reloj para cumplir los plazos de entrega del proyecto más reciente de la productora, y su ausencia era lo último que necesitaban en ese momento.

Pero ella tenía sus buenas razones. «Mantente firme. Cíñete al plan», se dijo a sí misma.

La estridente y profunda voz de su hermano le retumbaba en la cabeza aunque él estuviera al otro lado del océano Atlántico.

Hizo acopio del poco coraje que le quedaba en ese momento, se apartó un mechón de la cara y desvió la vista de aquellos intensos ojos azules que la taladraban.

—Lo dejo, Max. Me marcho. Tendrás que encontrar a alguien que me sustituya tan pronto como volvamos a Estados Unidos. Quizá tengas que anunciarte para encontrar una sustituta. Yo ya he hecho un borrador de anuncio. Sólo tienes que darle el visto bueno.

—No puedes irte.

Max arrugó el papel y lo lanzó hacia la papelera situada en un extremo de la suite de hotel que había usado como despacho provisional durante los últimos meses.

No hizo canasta…

Dana, que llevaba más de cinco años trabajando para él, nunca le había visto hacer canasta con una bola de papel, ni en Europa, ni en ningún otro continente.

Él era un productor brillante y creativo pero, aunque su cuerpo de infarto indicara lo contrario, no tenía mucha habilidad para los deportes.

Sin embargo, ella lo quería de todos modos y eso la convertía en una idiota, porque ese amor jamás sería correspondido.

Ya era hora de admitir que Max Hudson seguiría amando a su esposa fallecida hasta la tumba. Ya era hora de seguir adelante.

Él siguió revisando unos papeles, como si su decisión fuera definitiva y no hubiera nada más que hablar.

Pero Dana no estaba dispuesta a darse por vencida. Esa vez no.

Coincidiendo con el aniversario del accidente de su hermano, había recibido una oferta de trabajo por parte de una amiga, y entonces se había dado cuenta de que no estaba más cerca de sus metas que cuando había aceptado el trabajo en la productora. Su hermano nunca había dejado de perseguir sus sueños a pesar de los golpes que le había dado la vida, y ella tenía que tener tanto valor como él. Se lo debía.

Esa mañana se había propuesto recuperar el control de su propia vida y conseguir aquello que tanto anhelaba tan pronto como volviera a California junto con el equipo de rodaje, y no iba a dejar que nada ni nadie se interpusiera en su camino.

—Tengo que irme, Max. Quiero producir mis propias películas y tú nunca dejarás que lo haga aquí, en Hudson Pictures. Como dice mi carta, me ha surgido una oportunidad en una productora alternativa…

—No me has entendido. No puedes irte, no para trabajar en otra productora —le dijo él en un inflexible tono de advertencia.

Ella siempre había sabido que no iba a ser fácil, y ésa era la razón por la que había esperado tanto para hablar con él.

—No te estoy pidiendo permiso, Max.

—Porque ya sabes lo que voy a decir. Es una decisión estúpida, un paso atrás. ¿Cómo vas a dejar un gigante de la industria del cine como Hudson Pictures para irte a trabajar a unos estudios de tres al cuarto? No tiene sentido. Además, debería leer tu contrato. Se te prohíbe trabajar en otra empresa relacionada con la industria del cine durante dos años si decides marcharte.

Sorprendida, Dana levantó la vista. No recordaba haber firmado una cláusula como ésa, pero también sabía que se había entusiasmado tanto con la idea de trabajar en Hudson Pictures que no se había molestado en leer detalladamente el contrato.

–¿Dos años? –le preguntó, sabiendo que no podía desmentir ni corroborar sus palabras. Su copia del documento estaba guardada en un archivador de su casa.

–Sí. Es una cláusula estándar de los contratos Hudson. Así la gente no se siente tentada de hacer un mal uso de la información privilegiada de la que han sido partícipes en Hudson Pictures.

Max se pasó una mano por el cabello y empezó a rebuscar con impaciencia entre un montón de papeles que había sobre su escritorio. No parecía encontrar lo que buscaba.

Al verle tan empeñado, Dana tuvo que resistir el impulso de dar un paso adelante y ayudarle a localizar el documento, como siempre había hecho en el pasado.

–Has elegido el peor momento para la pataleta –le espetó él de repente sin siquiera levantar la vista.

Dana soltó el aliento y trató con todas sus fuerzas de contener la furia. Los arrebatos de emociones y las palabras apresuradas no resolvían los problemas. Además, no era propio de Max ser grosero.

No obstante, esos días estaba sometido a mucha presión. La película tenía que estar terminada antes de que su abuela, Lillian Hudson, muriera del cáncer que la consumía por dentro.

Ya habían empezado la fase de postproducción, pero el reloj seguía contando el tiempo. Los días de Lillian tocaban a su fin y todo el mundo trabajaba a destajo para culminar la obra.

Por su parte, Dana comprendía bien la situación, pero la rabia que sentía bastaba para ahogar los reparos que en otro momento le habrían impedido herir los sentimientos de Max. Al aceptar el trabajo cinco años antes, su intención había sido abrirse camino en la industria, adquirir algo de experiencia y marcharse un par de años más tarde. Estaba sobrecualificada para ser la ayudante ejecutiva de un productor y editor de cine, por mucho que se tratara del mismísimo Max Hudson, y ya era hora de seguir adelante.

Siempre había soñado con producir sus propias películas, pero las cosas habían cambiado un poco al conocer a Max. Él había resultado ser un jefe excelente; el hombre que le había enseñado mucho más de lo que había aprendido en la universidad… y también el hombre de quien se había enamorado como una niña tonta.

Hasta ese momento nunca había sido capaz de reunir el coraje suficiente para marcharse, pero por fin lo había conseguido. La semana anterior le había visto irse, una vez más, con otra de esas rubias despampanantes y finalmente se había convencido de que Max Hudson siempre la vería como un mero accesorio de oficina, y no como una mujer.

Había dejado su vida a un lado por él durante demasiado tiempo y ya tenía que cerrar ese capítulo. Su hermano solía decirle que caminar sobre el agua no llevaba a ninguna parte, y ella llevaba demasiado tiempo caminando sin rumbo.

Ya era hora de acabarlo todo.

Ése era el momento.

Dana respiró hondo y tomó las riendas de sus emociones.

—No se trata de una pataleta, Max, sino de mi futuro.

Él levantó la vista del escritorio y la miró con ojos de hielo.

—No tendrás ningún futuro en la industria del cine si te empeñas en buscar trabajo en otra parte.

Sus palabras se clavaron en ella como puñales. Él siempre había tenido fama de ser despiadado cuando se trataba de trabajo, pero nunca se había portado así con ella.

—Después de todo lo que he hecho por ti, ¿me vas a traicionar? Si te vas ahora, ya no tendremos oportunidad de terminar antes de que... —Max se mordió el labio, contrajo el rostro y se volvió hacía el guión que colgaba de la pared.

Hizo acopio de toda la compostura que le quedaba y la miró a los ojos una vez más. Pero, en esa ocasión, sus ojos azules la atravesaron sin piedad. Ése era el rostro del hombre al que Dana había visto humillar a algunos de sus subordinados con unas pocas palabras implacables.

–Dana, no dejaré que pongas en peligro los plazos de entrega. Mi abuela quiere ver su historia de amor en la gran pantalla y no voy a defraudarla. Y haré lo que sea necesario para impedirte sabotear este proyecto.

–¡Sabotaje! –Dana no podía creerse lo que acababa de oír.

Sabía que no iba a ser fácil, pero nunca había imaginado que él pudiera amenazarla. Cuando había empezado a trabajar en Hudson Pictures, Max todavía no había superado la muerte de su esposa, y ella había hecho todo lo posible por ayudarle a recuperarse y así se había convertido en su mano derecha.

«¿Y es así como me lo agradeces?», se preguntó Dana para sí, indignada.

Una ola de furia le recorrió las entrañas. Si seguía en la habitación un minuto más, terminaría diciendo algo de lo que podría arrepentirse.

–Me vuelvo a mi habitación –dijo finalmente.

Le había costado mucho acaparar el coraje que necesitaba para enfrentarse a él, pero Max no hacía más que comportarse como un idiota, así que no tenía más remedio que batirse en retirada y planear otra estrategia de ataque.

Dio media vuelta y salió de la suite. A sus espaldas Max mascullaba juramentos una y otra vez.

–¡Dana! –gritó, pero ella siguió adelante.

No podía regresar a su habitación, así que pasó de largo por delante del ascensor, se dirigió hacia las escaleras de emergencia y salió por una puerta secundaria del hotel.

Iba rumbo a algún sitio, pero no sabía muy bien adónde; a cualquier sitio que estuviera lejos del hombre cruel e insensible que había dejado atrás.

–¡Dana! –la voz de Max la hizo apurar el paso–. ¡Dana, espera!

Ella continuó avanzando por el aparcamiento.

El sonido de sus zancadas se acercaba peligrosamente, como si Max hubiera echado a correr.

De pronto la agarró del codo y la hizo darse la vuelta con brusquedad.

–Dame un par de meses. Déjame terminar este proyecto y entonces hablaremos.

–No hay nada de qué hablar, Max. Muchas veces te he pedido un puesto de mayor responsabilidad, pero siempre me lo has negado y ya

10

me he cansado de gastar esfuerzos en vano. No me he pasado cinco años estudiando para ser ayudante ejecutiva.

–Te daré un aumento.

Ella inclinó atrás la cabeza y lo fulminó con la mirada. En ocasiones podía llegar a ser muy obtuso.

–No se trata de dinero, ni tampoco del proyecto. Yo creo en esta película con todo mi corazón, y quiero ayudarte a terminarla, pero la oportunidad de producir una película independiente no esperará por mí. La productora de mi amiga me necesita ahora. Y la única razón por la que tengo esta posibilidad es porque el productor murió inesperadamente. Ya la he hecho esperar tres semanas, y si pospongo más mi decisión buscarán a otra persona. Si alguien entiende de presupuestos y de producción, ése eres tú, Max. Sabes que tengo que seguir adelante ahora.

Max deslizó la mano por su brazo hasta llegar al hombro. Sus vigorosos dedos difundían un calor que le llegaba hasta los huesos. No era nada sexual por su parte, pero Dana no podía evitar sentirlo así.

Aquel fantasma de una caricia llegaba hasta lo más profundo de su ser.

–Quédate, Dana. Aparecerás como productora asociada en los créditos de *Honor*. Así podrás apuntarte otro tanto cuando te vayas. Con esto no quiero decir que te vaya a dejar marchar fácilmente… Eres la mejor asistente que he tenido.

Aquellas palabras halagadoras la llenaron de orgullo durante un efímero instante, pero la cruda realidad no tardó en darle una dura bofetada. Él sólo hablaba de trabajo. Siempre seguiría siendo una mera compañera de trabajo a sus ojos.

Se apartó de él.

—Lo pensaré y te daré una respuesta antes de que aterricemos en Los Ángeles.

—No voy a irme contigo mañana. Tengo que quedarme una semana más, o quizá dos o tres. Quiero que me des una respuesta ahora.

De repente Dana se vio en una encrucijada. Si aceptaba no podría retractarse de su palabra. Además, si se quedaba con él… ¿Cómo podría superar lo que sentía y seguir adelante?

—Los dos sabemos que un productor asociado es un título poco afortunado que suele darse a cambio de un favor. Y yo quiero más, Max. Yo quiero estar a cargo de las cosas. Además, te conozco muy bien y sé que eres lo bastante controlador como para no dejarme mover ni un dedo sin tu consentimiento. Mi currículum mejoraría un poco, pero no aprendería mucho más.

Él contrajo los labios y Dana no puedo evitar fijarse en su boca, con la que había soñado tantas y tantas noches; una boca que jamás había sentido sobre la suya propia en la realidad.

La brisa de septiembre le helaba la piel y agitaba el cabello de Max.

—Con los plazos que tenemos, habrá mucho trabajo que hacer contrarreloj y créeme cuando te digo que el título no será meramente honorífico. Obtendrás mucha experiencia.

«Y te arrepentirás de haberte querido ir», parecía añadir con un desafiante tono de voz.

Dana vaciló un instante y sopesó todas las ventajas y desventajas. Sólo tenía veintiocho años, y sus planes todavía podían esperar unos cuantos meses más. Respiró hondo y se rindió. Aunque probablemente acabara arrepintiéndose, la oferta de Max era una oportunidad que no podía rechazar.

—De acuerdo. Lo haré.

El viernes por la noche Dana sacó la llave del apartamento que Max tenía en Mulholland Drive, pero titubeó antes de meterla en la cerradura.

Era una estupidez estar nerviosa. Había estado en su casa muchas veces. Sin embargo, nunca lo había hecho estando él presente. Max solía mandarla a recoger o a dejar algo mientras estaba en un rodaje, y ya había estado allí en varias ocasiones desde su regreso de Francia, dos semanas antes. Max se había quedado en Europa, pero ya estaba de vuelta.

¿Acaso debía entrar sin más o llamar al timbre? Él debía de saber que ya estaba allí. La había llamado nada más llegar al país y le había dicho que fuera a su casa inmediatamente.

Dana había tenido que pararse al final del camino de entrada para introducir una clave secreta que abría las puertas electrónicas y, como éstas activaban un timbre en la casa, Max tenía que saber que acababa de llegar.

¿Estaría trabajando o descansando?

Dana era un manojo de nervios en ese momento.

Finalmente, como no quería molestarlo, introdujo la llave, pero las puertas se abrieron antes de que pudiera girarla.

Max, con una barba de tres días, unos vaqueros y una camiseta vieja, apareció en el umbral. Ella nunca lo había visto vestido de esa forma tan informal. Max siempre estaba impecable en el trabajo y exigía lo mismo a sus empleados, pero en ese momento…

Dana recuperó el sentido común y le observó fijamente. Tenía el cabello revuelto y la cara pálida.

–El jet lag, ¿eh? –le dijo.

–Estoy bien. Entra. Hay mucho que hacer.

–Parece que no has dormido nada, ni en casa ni en el avión.

–No tuve tiempo. No me vendría mal una taza de café.

–Pero si tú no bebes café, Max.

–Lo haré esta noche.

–Voy a prepararlo. Yo también necesito uno –dijo ella, sabiendo que no tardaría en arrepentirse de sus palabras. Como siempre, había vuelto a su antiguo papel de niñera de Max Hudson.

–Gracias –él dio media vuelta y entró en la casa.

«Versace Eau Fraîche», pensó Dana, aspirando su inconfundible aroma. En una ocasión le había tenido que comprar un frasco porque él había olvidado meterla en la maleta antes de salir de viaje.

Con la mirada acarició el contorno de sus anchos hombros y descendió a lo largo de su espalda…

En ese momento él la miró y ella no tuvo más remedio que esquivar sus ojos abruptamente.

«Olvida esta obsesión de una vez. Él no es tuyo y nunca lo será. Sigue adelante…», pensó por enésima vez.

Fue tras él a lo largo del amplio pasillo de mármol. Sus propios pasos resquebrajaban el apacible silencio mientras mantenía la mirada fija en la nuca de Max.

Subieron al ascensor.

–Max, pensarías con más claridad si durmieras un poco –le dijo al verle apoyarse contra la pared.

Eso no era propio de él. Max Hudson era un tipo demasiado dinámico como para flaquear en público.

–Después.

Las puertas se abrieron en el segundo piso. Su mansión de varias plantas descansaba contra la ladera de una montaña.

Dana ya conocía muy bien la distribución de la vivienda. La cocina, el salón y el comedor estaban en ese piso; su despacho, la sala de audiovisuales y su salita de estar privada estaban en el tercer piso; y su impresionante dormitorio, además de otros dos, abarcaba la totalidad de la cuarta planta.

Había estado en su habitación en más de una ocasión, pero por desgracia sólo había sido para hacerle la maleta o para recoger una PDA olvidada o una carpeta. Y ni siquiera se había atrevido a sentarse en la majestuosa cama de matrimonio.

Cuando llegó a la cocina, se dirigió directamente hacia la cafetera. Alguna vez le había oído decirles a sus hermanos que la había comprado porque las mujeres que se quedaban a dormir en su casa no se iban nunca si no recibían su dosis matutina de cafeína.

Pero no era el momento adecuado de ponerse a pensar en la larga lista de rubias anoréxicas que debían de haber pasado por su vida, o por su cama…

Todas esas chicas no hacían más que recordarle que él jamás se fijaría en alguien como ella; una chica corriente, morena y discreta.

–¿Dónde está el café?

–En el frigorífico.

Él se sentó en una silla frente a la mesa de la cocina. A sus espaldas se divisaba una hermosa vista de la ciudad. A lo lejos, el océano, y justo debajo de ellos, la piscina climatizada y el spa. Todas las habitaciones de la casa daban a ese lado y por tanto disfrutaban de una panorámica de ensueño.

Él apoyó la cabeza en las palmas de las manos. Estaba exhausto. La tenue luz de la tarde acentuaba las arrugas de agotamiento que contraían su hermoso rostro.

–¿Y los filtros?

Él señaló una estantería oscura situada sobre la cafetera y empezó a masajearse el cuello.

Dana intentó concentrarse en lo que estaba haciendo, a pesar de lo embarazosa que resultaba la situación. Sacó el café, buscó los filtros y puso en marcha el aparato.

–¿Has comido algo, Max? –le preguntó mientras se hacía el café.

–En el avión.

–Si quieres puedo prepararte algo –le dijo, pensando que su papel de niñera se había convertido en un hábito muy malo.

—Debería haber algo de comer en el frigorífico —le dijo él en un tono de voz que había perdido todo el brillo de siempre.

—Max, hemos pasado muchos meses fuera del país. Cancelé tu servicio de catering, ¿recuerdas? Y cuando me marché de Francia no sabías cuándo regresarías. Como no me dijiste cuándo ibas a volver hasta que aterrizaste esta mañana, no he vuelto a llamar para que reanuden el servicio.

Echó un vistazo dentro de la nevera, pero estaba vacía. Sólo había cerveza y algunos condimentos. Y tampoco había nada comestible en las estanterías.

—A ver qué puedo hacer —inspeccionó el congelador y encontró helado de chocolate y un paquete de albóndigas. Arrojó el helado a la basura y se quedó con las albóndigas.

Volvió a mirar en las estanterías y encontró un paquete de pasta integral y un bote de salsa boloñesa. No era una cena gourmet, pero no había otra cosa.

En un armario encontró una cacerola para la pasta y otro para la salsa. ¿Quién habría comprado esas cosas? ¿Alguna de sus amantes?

Las mujeres con las que él salía no solían ser hogareñas. A él le gustaban las actrices de piernas kilométricas para las que la palabra «carbohidrato» era el demonio.

No obstante, acostarse con él no era una garantía de éxito profesional para estas mujeres, pero ellas seguían haciendo cola para meterse en su cama.

Metió la cacerola bajo el grifo y la llenó de agua.

—¿Tienes todo lo que necesitas para terminar la postproducción?

—Si no es así, el equipo de ayudantes se ocupará de ello en cuanto haga la lista de tareas.

El equipo de ayudantes filmaba las tomas en las que no aparecían los actores principales, y también las tomas de la casa, del paisaje y aquéllas en las que se usaban dobles para ahorrar en costes.

Dana nunca había tenido oportunidad de participar en las tareas del equipo de ayudantes, porque siempre que les tocaba ponerse manos a la obra ella era enviada de vuelta a casa para prepararlo todo antes del regreso de Max.

Como productor ejecutivo, él siempre era el primero en llegar y el último en irse, pero como en esa ocasión también se iba a encargar personalmente de la edición del largometraje, se había marchado del emplazamiento de rodaje antes de que llegara el equipo de ayudantes.

Max era un artífice de ficción; aquél que componía el puzzle pieza a pieza y borraba las fisuras. Una tarea laboriosa y casi artesanal en concepto.

–Max, sé que te gusta quedarte hasta el final, pero te has visto obligado a volver antes por la edición. Yo podría regresar a Francia para supervisar el trabajo del equipo de ayudantes.

–Te necesito aquí. ¿Cómo van los decorados?

Como de costumbre, Dana le siguió la corriente con el cambio de tema.

–Están listos –le dijo, echando la salsa en la otra cacerola–. He ido a comprobarlos personalmente y son idénticos a las fotos que tomamos en las habitaciones de la mansión de la Provenza.

–Bien. ¿Has comido algo? –le preguntó él de pronto, sorprendiéndola.

–No, Max. Salí corriendo en cuanto me llamaste.

Como siempre había hecho. Además, nunca tenía planes los viernes por la noche, ni citas ni nada parecido. Sus sentimientos por él habían causado estragos en su vida amorosa y social. De vez en cuando intentaba salir con alguien, pero nunca salía bien. Nadie podía compararse a Max.

Sin embargo, eso estaba a punto de cambiar. En cuanto terminaran la película volvería a llevar una vida normal.

–Entonces, haz para los dos.

Al oír sus palabras, Dana sintió una bola en el estómago.

–Necesitarás mucha energía. Probablemente estaremos despiertos toda la noche. Y haz bastante café.

Dana sintió que algo se rompía en mil pedazos en su interior. Absurdas esperanzas e ilusiones… Se apartó de él para ocultar la decepción que se había llevado. Debería haber sabido que la preocupación de Max no tenía nada de personal. Todo lo que le importaba era el trabajo.

¿Acaso no iba a aprender nunca?

No tenía por qué volver a ser su esclava y niñera como lo era en el pasado. Ésa ya no era su responsabilidad y tenía que encontrar la forma de recordárselo.

En cuanto terminaran la película presentaría su dimisión de nuevo y esa vez no le dejaría disuadirla. Tenía muchas cosas importantes que hacer en la vida y no estaba dispuesta a seguir siendo la ayudante invisible de siempre.

Dana se puso erguida y miró al hombre que había ocupado sus sueños durante los últimos cinco años. Las cosas iban a cambiar a partir de ese momento.

Y nadie se interpondría en su camino; ni siquiera Max Hudson.

Capítulo Dos

Max empezó a sentirse inquieto al darse cuenta de que ya era domingo por la mañana y que había una mujer en su casa desde el día anterior. La regla de las veinticuatro horas estaba para algo, y nunca antes la había infringido.

Pero Dana se había quedado dormida en una silla del despacho justo antes del amanecer el día anterior, y en ese momento se había dado cuenta de que no podía exigirle que trabajara con él durante dieciocho horas y después pedirle que condujera un coche hasta su casa. No era seguro para ella.

En lugar de despertarla, la había dejado dormir y se había ido a las oficinas de Hudson Pictures para no estar allí cuando se despertara. Y así, se había pasado casi todo el sábado atrincherado en el trabajo.

No estaba dispuesto a ser el responsable de otra mujer muerta en la carretera.

Max sintió un nudo en el estómago al recordar amargos fantasmas del pasado. Su esposa estaba muerta, y nada de lo que pudiera hacer le devolvería la vida a Karen. Nada en absoluto.

Como siempre, cerró de un portazo aquella sombría habitación de su memoria y siguió adelante. Se recordó a sí mismo que la estancia de Dana en su casa era algo temporal, que no era nada más que una forma de aprovechar más el tiempo. No lo estaba haciendo por el bien de Dana, sino que era sólo una maniobra egoísta. Si algo llegaba a pasarle, entonces sería imposible terminar la edición de *Honor*.

Abrió la puerta de la habitación de invitados del primer piso. Entró y dejó una pequeña maleta junto a la cama.

–Deja tus cosas aquí.

Dana estiró los hombros, bostezó y entró en la habitación tras él.

Max reparó en su rostro. Estaba muy cansada. Lo cual no era de extrañar ya que él la había hecho levantarse mucho antes de lo que cualquier persona se levantaba un domingo.

Él también debería haber estado exhausto, pero estaba lleno de adrenalina. Demasiada cafeína y demasiadas cosas que hacer. Había dormido un par de horas en total, pero tenía que esperar un poco para descansar plenamente, por lo menos hasta que tuvieran la primera parte de la película terminada.

Había muchas tareas en el proyecto que correspondían a otros, pero la familia quería controlar hasta el último detalle del producto terminado, y eso significaba que él tendría más responsabilidades que nunca.

Una vez más se sorprendió a sí mismo mirando a Dana. Ella siempre vestía de forma profesional, discreta, conservadora... Sin embargo ese día se había puesto un top naranja muy ceñido y unos vaqueros de cadera que le resaltaban la silueta. Se había vestido de una manera demasiado informal para la oficina, pero eso tampoco tenía importancia porque no iban a salir de la casa en todo el día.

Ella solía llevar el pelo recogido en un moño sobrio y monjil, pero esa vez se había hecho uno de esos recogidos descuidados con mechones de pelo por aquí y por allá, como si estuviera a punto de meterse en la ducha. Los cámaras adoraban esos peinados a la hora de filmar una escena de cama, siempre y cuando hiciera falta filmar una toma de la delicada nuca de una mujer.

No se había puesto maquillaje alguno, pero su tersa piel bronceada y sus oscuros ojos no necesitaban ningún tipo de adorno artificial. Un maquillador habría dado cualquier cosa por maquillar un rostro así. Si los miembros del equipo la hubieran visto así, se habrían llevado una gran sorpresa. Todos habrían caído a sus pies sin dudarlo.

Ese día Dana no parecía un frío témpano de hielo.

Sin embargo, ella nunca había aprovechado sus dotes femeninas para escabullirse y librarse del trabajo duro, y eso era un punto a su favor. Él sabía muy bien lo que era tener que soportar las exigencias de actrices caprichosas, y ya había perdido la paciencia. Lo último que necesitaba era tener que soportar otro drama detrás de las cámaras. Los platós de rodaje siempre estaban llenos de indeseables dramas sin guión y el plató de *Honor* no había sido una excepción.

Durante el invierno su hermano pequeño, Luc, se había comprometido, y después había cancelado su compromiso para marcharse a un rancho de Montana. En la primavera su primo Jack había descubierto que tenía un hijo al que no conocía y se había casado con la madre del chico, y aproximadamente por esas fechas se habían enterado del cáncer de su abuela después de que sufriera un desvanecimiento. Pero eso no era todo: en el verano, su prima Charlotte se había quedado embarazada del dueño de la mansión donde habían hecho una buena parte del rodaje.

Así pues, si Max lograba salirse con la suya, el otoño no les traería otro melodrama detrás de las cámaras. Eso era lo último que necesitaban a esas alturas.

Centrándose de nuevo en el presente, miró a Dana.

–Quiero que te quedes aquí hasta que terminemos la primera parte de la edición.

Ella abrió los ojos y se mordió el labio inferior.

–Pero eso podría llevarnos meses.

–No tenemos tanto tiempo y tú me pediste este puesto. Te advertí que tendríamos que trabajar contrarreloj. Si no te ves a la altura, dilo.

Ella levantó la barbilla al oír sus palabras desafiantes y las mejillas se le pusieron rojas.

–Estoy a la altura. Pero cuando me dijiste que hiciera la maleta, sólo puse ropa para un par de días. Tendré que volver a mi apartamento luego a por más.

–De acuerdo. Empecemos –se dirigió hacia las escaleras.

–Max, necesito un café primero. Ni siquiera son las seis de la mañana. Y, por si no te acuerdas, ayer me quedé hasta tarde.

Gracias al equipo de seguridad, que siempre lo mantenía informado de todo, Max sabía que decía la verdad. Se había quedado hasta media noche en el trabajo a propósito, para no coincidir con ella.

El trabajo terminado estaba sobre el escritorio de su despacho, lo cual demostraba que no se había pasado todo el día durmiendo.

–Ya sabes dónde está la cafetera.

–Les he dejado mensajes a los del catering, y al servicio de limpieza. Deberían venir el lunes a primera hora de la mañana. El director de recursos humanos de Hudson Pictures está buscando una sustituta para mí, pero mientras tanto, a menos que dejes de ser tan crítico con los currículums que te llegan, me temo que tendrás que trabajar con alguien provisional.

Él se detuvo a mitad de las escaleras y dio media vuelta.

Desde ese ángulo de visión, le resultó imposible no fijarse en su escote.

«¿En qué demonios estás pensando, Max?», se preguntó.

Dana trabajaba para él, y eso la hacía intocable. No obstante, le llevó un momento apartar la vista de su aterciopelada piel. Y entonces se dio cuenta de que ella llevaba varias bolsas colgando de las muñecas, además de su maletín de siempre.

–¿Por qué me dices eso?

–Te lo digo porque llevo cinco años trabajando contigo, Max, y nunca has tenido un problema. El cambio puede desestabilizar un poco las cosas hasta que te acostumbres al nuevo ritmo. Yo haré todo lo que esté en mi mano para que la transición sea lo más suave posible, pero a lo mejor te llevas algún que otro disgusto durante el período de adaptación.

La llama que brillaba en sus ojos y fortalecía su voz le sorprendió sobremanera. Ésa era la primera vez que Dana le hablaba así. Ella siempre había hecho las cosas en la sombra, en silencio, sin llamar la atención. En más de una ocasión se había tropezado con ella porque estaba a su lado incluso antes de haberla llamado.

—Nada puede bajarnos el ritmo.

—Max, eso no te lo puedo garantizar, pero trataré de que no ocurra. Déjame guardar la comida y entonces podremos empezar. A lo mejor tú puedes trabajar sin desayunar, pero yo no.

Una sutil fragancia floral inundó los sentidos de Max. ¿Su perfume? ¿Por qué no lo había notado antes? Olía muy bien, pero le distraía demasiado.

Apartó el aroma de su mente bruscamente. No podía perder el tiempo con esos entretenimientos.

—Dame eso —le quitó las bolsas de las manos, las llevó a la cocina y las puso sobre la encimera.

Ella sacó un plato rectangular tapado y lo metió en el microondas.

—¿Qué es eso?

—Un revuelto para el desayuno. Lo preparé anoche.

Mientras el microondas calentaba la comida, desempaquetó el resto de comestibles y los guardó en el armario y en la nevera. Frutas, vegetales, zumo, leche, pan, huevos, una cuña de su queso favorito…

Max se sorprendió al ver que ella sabía cuál era.

Dos noches antes, había tenido que escapar al balcón mientras ella preparaba los espaguetis porque aquella imagen doméstica le había traído demasiados recuerdos. A Karen siempre le había gustado cocinar. Durante su breve matrimonio, habían pasado muchas horas en la cocina de su antigua casa, riendo y cocinando.

Por aquel entonces, compartir una comida con su esposa era el momento más agradable del día, después de hacer el amor con ella...

Karen nunca había puesto un pie en esa casa, pero él sentía su presencia en cada estancia y pensaba que la culpa de todo la tenía el guión de la película. La filmación de la historia de amor de sus abuelos le recordaba continuamente lo mucho que la había amado y lo cruel que había sido el destino al arrebatársela de esa manera. Él siempre había sabido que quería pasar el resto de su vida con aquella preciosidad pelirroja, pero la felicidad sólo les había durado tres años; tres años que habían pasado en un abrir y cerrar de ojos.

Pero ella ya no estaba.

Y era culpa suya.

−¿Cuándo fue la última vez que comiste? −preguntó Dana, sacándolo de su ensoñación.

Él respiró hondo para ejercitar sus acartonados pulmones.

–No sé. Desde que preparaste los espaguetis, creo.

Ella frunció el ceño.

–Max, eso fue hace treinta y seis horas.

Él se encogió de hombros.

–Estaba trabajando.

Ella entornó los ojos e hizo un ruido de disgusto.

–¿Y siempre se te olvida comer cuando estás trabajando?

Echó unos cubitos de hielo en un vaso y le sirvió un poco de zumo de piña.

Él se lo bebió mientras ella preparaba el desayuno.

Unos instantes más tarde el aroma a café recién hecho llenaba toda la habitación.

–No necesitas una nueva asistente ejecutiva, sino una niñera –dijo entre dientes mientras terminaba de guardar la comida.

–¿Qué has dicho?

Ella dio media vuelta. Sus ojos destellaban temperamento.

–Digo que necesitas una niñera. Yo hago que te traigan comida, que te laven la ropa en la lavandería y que te limpien la casa. Llevo tu oficina, pago tus facturas, te llevo el coche al mecánico y llevo tu agenda, incluyendo las citas con el dentista y el médico. Eres un productor brillante, Max. Puedes planificar proyectos de millones de dólares y puedes hacer milagros en el plató de rodaje, pero apenas puedes manejar tu propia vida.

–¿Qué? –le preguntó Max.

Karen le había dicho lo mismo en muchas ocasiones.

Dana soltó un suspiro de exasperación.

–Pero no es culpa tuya. Nunca tuviste necesidad de hacerlo. Siempre has tenido un ejército de sirvientes, y después tuviste a tu esposa, y después a mí. Pero ahora vas a tener que aprender. Tu próxima asistente no estará dispuesta a ocuparse de tu vida privada, y yo no estaré a tu lado para siempre.

–Ya hemos hablado de eso. No puedes irte.

Ella lo atravesó con la mirada.

–Prometí quedarme hasta que termináramos con esta película, pero me iré de Hudson Pictures en cuando hayamos acabado. Renegocié las cláusulas de mi nuevo contrato. No puedes darme lo que yo necesito, y no voy a dejar que te interpongas en mi camino de nuevo.

Max se quedó sorprendido.

–Yo no quiero interponerme en tu camino.

–Sí, claro que sí.

La tristeza que impregnaba su voz lo dejó sin palabras. Estaba demasiado cansado para entender todas esas tonterías emocionales y tampoco tenía ganas de entenderlo.

–¿Qué es lo que quieres exactamente, Dana? Te di el ascenso que querías.

Ella miró hacia la puerta y cambió el peso de su cuerpo de un pie al otro.

–Necesito un cambio, una vida.

–Tienes una vida y un trabajo que muchos envidiarían. Viajas por todo el mundo y te hospedas en hoteles de cinco estrellas. Llevas ropa de diseño, asistes a las premieres, trabajas con estrellas de cine con los que sueña toda la humanidad. Las películas que hacemos hacen historia. Maldita sea…

–No, Max. Tú haces historia. Yo sólo observo desde las sombras –sacó su PDA del maletín, y también un pequeño cuaderno y un bolígrafo.

Escribió algo en una hoja, la arrancó y se la puso delante.

–¿Qué es esto? –le preguntó Max, sin saber de qué se trataba todo aquello.

–Es una lista de personas que pueden poner tu mundo patas arriba. El proveedor del servicio de catering, el de la lavandería, la señora de la limpieza, el dentista, el médico, el peluquero… Hasta que tengas una nueva asistente, tendrás que tratar con ellos tú mismo.

–¿Y por qué no tú?

–Porque ése ya no es mi trabajo.

Sin palabras, Max se limitó a mirarla fijamente.

¿Dónde estaba la empleada eficiente y tranquila que había trabajado para él durante tantos años?

—¿Qué demonios te ha pasado en Francia?

—Mi hermano me hizo una llamada. Me hizo darme cuenta de que se me escapa la vida mientras me ocupo de la tuya.

—¿Tienes un hermano?

¿Cómo era que nunca se había enterado de que tenía un hermano?

En realidad, sabía muy pocas cosas de la vida de Dana. Por mucho que se empeñara en recordar, lo único que veía era una hoja en blanco. Ella nunca hablaba de nada personal, y él tampoco preguntaba. Era mejor así.

Pero ni siquiera sabía dónde vivía, o de dónde procedía. A juzgar por el ligero acento que le salía algunas veces, debía de venir de un estado del sur, pero no sabía nada de ella a ciencia cierta.

—Mi hermano James tiene dos años más que yo. Es entrenador de rugby en la universidad. Ése siempre fue su sueño, y nunca dejó que nada se interpusiera en su camino para conseguirlo.

Sacó una carpeta del maletín y la deslizó hacia él sobre la encimera.

—Aquí está el programa de tus próximas citas y reuniones, y también hay una selección de los menús de muestra del servicio de catering. Escoge lo que quieras y envíalo por fax al número que aparece al principio. Ellos se pondrán de acuerdo con Annette para las horas de entrega.

Max frunció el ceño, confundido.

–¿Quién es Annette?

Dana suspiró como si hubiera perdido la paciencia.

–Annette es el ama de llaves. Lleva cuatro años trabajando para ti.

–¿Qué demonios está pasando, Dana? –preguntó Max, perplejo. ¿Cómo era posible que ni siquiera supiese el nombre de su ama de llaves?

De repente se dio cuenta de que no era de extrañar. Él casi nunca estaba en casa.

–Ahora soy la productora asociada, Max. Y ya no voy a volver a ser tu niñera.

Él se puso tenso al oír el insulto.

–Tengo treinta y tres años. No soy un niño pequeño que necesita una niñera. Yo sé cuidar de mí mismo.

Un destello brillante asomó en la mirada de Dana y sus labios dibujaron una sonrisa pícara.

–¿En serio? –le preguntó, levantando una ceja–. ¿Te apuestas algo, Max Hudson?

Algo dio un vuelco en el interior de Max. Jamás había visto esa faceta de Dana, y no sabía muy bien cómo tratar con esa nueva mujer que tenía ante los ojos.

–Oh, claro que sí. Apuesto por ello. Ya puedes sacar el dinero, Fallon.

Ella sacudió la cabeza.

–El dinero no significa nada para ti.

Max sopesó todas las opciones, tamborileando sobre la carpeta con las puntas de los dedos.

¿Qué tenía ella que pudiera interesarle? La respuesta era obvia.

–Si consigo ocuparme de todos los aspectos personales de mi vida sin pedirte ayuda, entonces seguirás siendo mi asistente incluso después de terminar esta película.

Ella se mordió el labio y cambió de postura.

–¿Asistente, y no productora asociada?

–Eso es. Después de este proyecto volverás a tus antiguas funciones.

–¿Y si gano yo?

–Te daré las mejores referencias que hayas visto nunca. Incluso haré algunas llamadas para ayudarte a conseguir tu nuevo trabajo.

Ella entreabrió los labios y respiró profundamente.

–¿Estás seguro de que quieres seguir adelante, Max? Te lo digo porque no vas a ganar.

–Y yo estoy seguro de que vas a ser tú la que pierda. ¿Tenemos un trato?

Lo único que tenía que hacer era jugar bien sus cartas y darle la responsabilidad que exigía. La cruda realidad de los productores asociados no tardaría en golpear y entonces ella le suplicaría que la dejara volver su antiguo puesto. Sólo era cuestión de tiempo.

Ella levantó un dedo.

–Si tú ganas, me quedaré un año más. Eso

35

es todo lo que puedo prometer. Pero eso no va a pasar.

Aquellas palabras apelaron el espíritu competitivo de Max. Ella debería haber sido más lista. Acorralarlo entre la espada y la pared no era una buena estrategia porque él siempre trabajaba mejor bajo presión.

—Hay trato, Dana.

Le extendió la mano y ella se la estrechó, aceptando.

De repente, el tacto de su mano suave y cálida desencadenó una descarga de electricidad que le atravesó el brazo. Sólo había sentido algo así en una ocasión, hacía mucho tiempo.

La primera vez que había besado a su esposa.

Max apartó la mano bruscamente.

Capítulo Tres

Max quitó la mano con tanta rapidez que Dana perdió el equilibrio un instante.

—Me voy a nadar.

—¿Y qué pasa con el trabajo? Tú fuiste quien me llamó antes del amanecer para decirme que teníamos que ponernos en marcha. ¿Y qué pasa con el desayuno?

Sonó el timbre del microondas.

Dana se limpió las manos en un paño de cocina y abrió la puerta. El delicioso olor del jamón con calabacines y champiñones llenó la estancia.

—Más tarde.

«Nuevo trabajo. Nuevas reglas…», pensó Dana.

Le agarró del brazo antes de que pudiera escabullirse. Sus potentes músculos se contrajeron bajo los dedos de ella. Su piel despedía un calor abrasador.

—Escucha, Max, si quieres matarte de hambre y pasar las noches en vela cuando estás solo, muy bien, adelante. Pero que sepas que el hambre y el cansancio hacen que te pongas insoportable. Cuando yo esté por aquí, comerás y dormirás.

La expresión de su rostro la hizo desear no haber dicho esas palabras. Se había excedido demasiado. Había traspasado la fina línea entre el empleado y el jefe, y tendría mucha suerte si no la echaba de golpe.

No obstante, ya no había vuelta atrás.

—Puedes ir a nadar después del desayuno.

Él la hizo soltarle de un tirón.

—Eso no es buena idea. Te pueden dar calambres.

—Oh, por favor. Eso un cuento de abuelas. Deja de inventar excusas. Siéntate. Te traeré un plato.

Max titubeó un momento y, sorprendentemente, asintió con la cabeza.

—Vamos a comer fuera.

Dana se dio por satisfecha. Aquello era una especie de victoria, aunque no lo pareciera.

Agarró una bandeja y puso los platos, la cafetera y la cacerola con el revuelto sobre ella.

Max se la quitó de las manos y se dirigió hacia la puerta del jardín.

Dana contempló sus poderosos bíceps un instante y entonces se apresuró para abrir la puerta corredera de cristal.

Una suave brisa le agitó el cabello y varios mechones se le cayeron sobre los ojos. Dana se los apartó con impaciencia.

—Deberías ver a tu abuela. Ha preguntado por ti.

Él dejó la bandeja sobre la mesa y le lanzó una mirada interrogante

—¿Has hablado con ella?

El aire fresco de la mañana estaba limpio y puro. Dana respiró hondo y entonces captó la vaga esencia del perfume de Max.

—Claro. La he ido a ver dos veces desde que volvimos. Está un poco débil, pero tiene buena actitud y, como siempre, es todo genio y figura.

Él la miró de una forma extraña.

Dana se encogió de hombros y tomó asiento.

—Mi familia está al otro lado del continente y los echo de menos, así que he adoptado a algunos de los tuyos.

—¿Dónde?

Ella parpadeó, sorprendida.

—¿Dónde qué?

—¿Dónde está tu familia?

—En Carolina del Norte. Mi padre es profesor en la facultad de Imagen y Sonido de la Universidad de Wilmington, y mi hermano es el entrenador del equipo de rugby.

—Ahí fue donde te picó el gusanillo de las películas.

—Sí, fue mi padre. Él siempre hablaba de venir a California a hacer películas, pero las obligaciones familiares no lo dejaron salir de la Costa Este.

—Entonces lo haces por él.

—No. Lo hago por mí. Él y yo solíamos editar juntos los vídeos caseros de la familia. Era nuestro hobby y nos encantaba. Cuando estaba en el instituto y en la universidad, solía escribir guiones, pero...

«Cállate, Dana. Estás hablando tonterías», se dijo, pensando que a Max nunca le habían interesado esos pequeños detalles.

—¿Pero qué?

—Pero ser guionista no es una ocupación muy estable.

—Nada lo es en la industria del cine —afirmó Max.

—No.

Agarró el cucharón y, justo cuando estaba a punto de servir la comida en el plato, se dio cuenta de que iba a servirle primero a él. Un mal hábito que tenía que corregir. ¿Cuántas veces le había preparado la comida mientras preparaba la suya propia? De hecho, si sabía que él iba a quedarse trabajando en lugar de salir a comer, entonces preparaba suficiente comida para los dos el día antes.

Pero eso era cosa del pasado.

Se sirvió a sí misma y dejó el cucharón en la cacerola.

Él se sirvió una ración.

—Tendrás que enviarles entradas a tu familia para el estreno.

Dana detuvo el tenedor en el aire.

¿Quién era el hombre que tenía enfrente?, se preguntó, sorprendida. Desde luego, no podía ser Max Hudson.

—Estarían encantados.

—No sabía que mi abuela y tú estuvierais en contacto.

Una carcajada se escapó de los labios de Dana antes de que pudiera evitarlo. Lillian Hudson había mantenido un contacto frecuente con ella desde su llegada a la empresa. La anciana, de ochenta y nueve años de edad, podía ser muy sutil, pero siempre era efectiva.

—¿Estás de broma? Yo te organizo la vida y ella comprueba si lo hago bien. Siente debilidad por ti, Max. No le digas que te lo he dicho, pero a lo mejor eres su nieto favorito.

Una sonrisa tierna suavizó los tensos labios de Max; una sonrisa que en otros tiempos la habría dejado sin aliento.

Pero ya no.

«Ya lo has superado, ¿recuerdas?», se dijo a sí misma. Lo que tenía que hacer era salir con el primer hombre que apareciera en su vida, e incluso podía llegar a acostarse con él porque había pasado… En realidad, hacía muchísimo tiempo que no estaba con ningún hombre; más de dos años.

41

Ése era el primer paso en su lista de tareas para superar lo de Max Hudson.

Exceptuando una breve relación que no había salido demasiado bien, no había salido con nadie desde su comienzo en Hudson Pictures, pero, por suerte, vivía en un bloque de apartamentos plagado de actores en espera de su gran oportunidad, así que lo único que tenía que hacer era pedirle a uno de esos apuestos galanes que la acompañara al próximo evento de Hudson Pictures. De esa forma siempre tendría a un hombre guapo colgado del brazo, y ellos estarían encantados de ayudarla porque ella les daría la oportunidad de introducirse en el mundillo cinematográfico y les presentaría a algunos contactos interesantes.

Era muy sencillo y todo el mundo salía ganando.

—Llevo muchos años trabajando para ti, Max —le dijo, volviendo a la realidad—. Pero nunca has trabajado con un productor asociado. ¿Cuáles serán mis responsabilidades?

Él lo consideró mientras comía.

—Serás el enlace con el equipo de rodaje y con los actores.

—Pero eso ya lo he hecho antes.

—Serás responsable de las localizaciones de rodaje y te asegurarás de que todos los actores tengan lo que necesiten. Y también te ocuparás de los problemas que surjan.

–Esto empieza a sonar como mi antiguo trabajo.

–Y hasta que yo tenga una nueva asistente, es trabajo mío, así que voy a delegar mientras tanto.

–Max…

–No, Dana. Tú me lo pediste.

–Si miraras los currículums que tienes sobre la mesa encontrarías una nueva asistente.

–Ya he mirado, pero ninguno de los candidatos tiene tu cualificación.

–Eso es porque yo estoy muy por encima del puesto.

Él frunció el ceño.

–No tengo tiempo de enseñar a nadie ahora, ni tú tampoco.

–Pero…

–También necesito que te ocupes del diario de rodaje.

Dana se quedó atónita al ver el cambio de tema. Describir las escenas mientras se filmaban era una tarea agotadora, y cotejarlo con el guión era aún peor.

Suspiró.

–¿Algo más?

–Haz un guión editado.

Papeleo y oficina. Eso era todo lo que Max tenía pensado para ella.

No obstante, Dana sabía bien que eso era parte del juego, así que se obligó a seguir comiendo aunque ya se le hubiera pasado el apetito.

–Hazte con las filmaciones. Sabes cómo usar el programa de edición, ¿no?

–Sí.

En otro tiempo había pasado horas delante del ordenador, aprendiendo el funcionamiento del software que almacenaba las filmaciones diarias en un disco duro. Un buen productor también se manchaba las manos de vez en cuando en las distintas fases de producción y, aunque ordenar los vídeos fuera un trabajo laborioso, por lo menos tendría la oportunidad de ver las primeras imágenes y hacerse una idea de cómo sería el producto final.

Eso era lo más emocionante de todo.

El ingenio de Max determinaba el cariz final de la película. Su edición de la cinta marcaría el ritmo, el tono y el impacto emocional del film, y también muchos otros matices casi imperceptibles pero igualmente importantes. Todo dependía de las imágenes escogidas, de las tomas y de los ángulos… Incluso el sonido elegido afectaba la versión final.

De repente Dana recordó algo.

–Espera un momento. Eso ya empieza a sonar más parecido a editar que a producir. ¿Y por qué me estás dando estas tareas tan aburridas?

Max ni siquiera se inmutó a oír sus quejas.

–Porque ahora mismo eso es lo que necesito que hagas. El trabajo principal del productor es hacer feliz a todo el mundo, cumplir plazos y no pasarse del presupuesto. Alguien tiene que hacer el trabajo sucio, y tú tienes que empezar desde abajo.

Dana se echó hacia atrás. El apetito y el entusiasmo que sentía un rato antes se habían desvanecido.

–Me he graduado en Imagen y Sonido y he trabajado como becaria para Screen Gems, en los estudios Wilmington.

–Pero no has usado esos conocimientos desde que te graduaste, y la tecnología ha cambiado mucho en seis o siete años.

–Bueno, de acuerdo, pero yo he hecho todo lo posible por mantenerme al día.

–Bien, entonces no me retrasarás. Iremos más deprisa si no tengo que detenerme cada dos por tres para explicarte cosas –dijo y tomó algunas cucharadas más del guiso–. También quiero que busques errores de continuidad, sobre todo en los relojes, decorados, cigarrillos, o cualquier otra cosa que destaque. Asegúrate de que no hayan cambiado de una toma a otra. No quiero ver velas consumidas que de pronto estás enteras o al contrario.

–Pero eso deberían haberlo hecho durante la filmación.

–Sí, pero esos descuidos suelen colarse en

las mejores megaproducciones, aunque pasen por una exhaustiva postproducción. Sin embargo, yo no los quiero en las mías.

Se terminó el desayuno y se puso en pie.

—Es hora de irse a nadar.

Dana le observó mientras subía la escalera de caracol de hierro situada a un lado del patio, rumbo a la habitación principal.

Cuando por fin lo perdió de vista, soltó el aliento.

Max le había dado el puesto que tanto había deseado, pero era evidente que no le iba a poner fáciles las cosas. No obstante, si pensaba que se iba a rendir ante el primer obstáculo, estaba muy equivocado.

Ella no era una cobarde. A lo mejor se había desviado un poco de su meta principal, pero siempre que se proponía algo lo conseguía al final.

Y esa vez se había propuesto salvar a Max, y salvarse a sí misma…

Dana apartó la vista de Max. Él estaba tumbado junto a la piscina y ella podía admirar sus musculados pectorales desde la ventana del piso superior.

Era difícil concentrarse así, pero tenía que intentarlo. Estaba decidida a no decepcionarle, pero cada vez que miraba la inmensa montaña de trabajo que descansaba sobre el escritorio, no podía evitar preguntarse si estaría a la altura.

Había sido ella quien le había pedido algo más de responsabilidad, pero Max se había pasado de la raya.

Descolgó el teléfono y marcó un número.

–¿Hola? –aquel acento sureño y profundo la confortó casi tanto como un abrazo de su padre.

–Hola, papá.

–¿Qué tal tu nuevo empleo, cielo?

Dana deseó ser capaz de mentirle, pero sabía que eso era imposible.

–Estoy un poco agobiada en este momento. Te he mandado por e-mail una lista con las tareas que Max me ha asignado. ¿Podrías echarle un vistazo?

–Claro. Espera un segundo.

Dana le oyó teclear en el ordenador.

–Me parece que vas a ganarte con creces ese ascenso que te han dado –dijo, silbando.

–Parece que voy a hacer todo el trabajo sucio y algo de edición.

–Sí, pero tú querías pulir tus habilidades y él te ha dado la oportunidad.

–Tengo una pregunta que hacerte. ¿Qué es lo próximo que tengo que hacer para ir siempre por delante?

Dana siempre mantenía a su padre al tanto

de sus progresos profesionales y él estaba encantado de darle consejo, porque ésa era una forma de vivir su propio sueño a través de su hija. La lista que ella acababa de enviarle ese día era sólo una puesta al día con los últimos cambios.

—Has sido su mano derecha durante años, así que esto no debería ser tan diferente. Ponle todas las herramientas que necesite en las manos. Como está haciendo dos funciones a la vez, productor y editor, los plazos estarán más apretados que nunca. Intenta que la gente cumpla los plazos y trata de apaciguar a los elementos problemáticos. Siempre hay unos cuantos en los rodajes. Identifícalos lo más pronto posible y anticípate a ellos. De lo contrario se vuelven muy contagiosos.

—Ya.

—Cuando termines de organizar las imágenes de la filmación, él empezará a editar, y recuerda, el trabajo de un editor sale más rápido si no tiene que esperar por las partes componentes.

Dana tomó nota rápidamente.

—Después de llevar a cabo el editado básico, lo próximo que necesitará será… —Dana hizo un esfuerzo por recordar—. El sonido, ¿no?

—Si es que no llama a un técnico de sonido independiente. Pero ya sabes dónde encontrar lo que necesitas, ¿verdad?

–Sí.

En la facultad había aprendido que la banda sonora de la película solía añadirse en la fase de edición, porque el sonido recogido durante el rodaje no era de muy buena calidad.

Había algunas librerías de audio donde las compañías cinematográficas podían conseguir música o la ambientación acústica para las películas; el rugido de un vagón de metro, el murmullo de un concurrido rincón de ciudad… Todos esos efectos se repetían en muchas películas, pero los espectadores nunca se daban cuenta.

–Me pondré con ello, papá.

–Ésa es mi chica. Dale lo que quiere. Demuéstrale que la mujer de hierro puede convertirse en una chica de California en cualquier momento. ¿Han contratado ya al compositor de la banda sonora?

–Sí. No lo conozco.

–Entonces, conócelo. Debes saberte todos los nombres importantes.

–Está bien, papá.

Dana fue hacia la ventana y comprobó si Max seguía junto a la piscina.

Estaba saliendo del agua. Sus fuertes músculos se tensaban bajo una bronceada capa de piel húmeda y tersa, y el bañador se le pegaba al cuerpo, insinuando el contorno de sus poderosos atributos masculinos.

Se alisó el cabello mojado con ambas manos.

Dana apartó la vista.

—Te echo de menos, cariño —le dijo su padre.

—Yo también, papá. Gracias por tu ayuda.

—No dejes de venir a casa cuando termines la película. Te deben unas vacaciones, ¿no?

Ella sonrió.

—Ya lo creo. Iré a visitaros cuando todo esto termine. Te veré entonces. Te quiero, papá.

—Yo también, hija.

Colgó el teléfono y se dirigió al escritorio secundario que estaba en el despacho de Max.

Media hora y seis llamadas de teléfono después, Max entró por la puerta. Parecía refrescado después de haberse dado un baño y todavía tenía el cabello ligeramente húmedo.

Ella se puso en pie y le entregó unos documentos y una memoria USB que contenía los archivos de audio de la librería.

—Me he puesto en contacto con la librería de audio y he encontrado lo que especificabas en la lista. Lo he descargado. También me he puesto en contacto con el técnico de efectos sonoros. Le llamaré cuando me digas.

A Dana le encantaba ver trabajar a los técnicos de efectos sonoros. Cuando abrían sus pequeños maletines llenos de «juguetes», los especialistas de audio podían recrear cualquier sonido y sincronizarlo a la perfección con la acción del film. El doblaje de voces, por el contrario, no era tan interesante, pero por lo menos rompía un poco la monotonía de editar guiones.

Max hizo una pausa y levantó las cejas, sorprendido.

–Gracias. Has estado muy ocupada.

Ella se encogió de hombros.

–Es mi trabajo.

–Sí, lo es.

–Confía en mí, Max. No te defraudaré.

–Ya veremos.

–Dame diez minutos –dijo Dana por encima del hombro.

Era lunes por la mañana y Max la siguió al interior de su apartamento.

Ya empezaba a albergar dudas respecto a aquella convivencia profesional. Esa mañana la había encontrado en su cocina con pantalones cortos ceñidos y una camiseta de pijama, y su cabello, que le caía sobre los hombros en un rebelde alboroto de mechones, le había revuelto los pensamientos. Ella estaba esperando a que se hiciera el café o, más bien, esperando que el café la librara una vez más del mal humor de su insoportable jefe.

A lo mejor no era una buena idea tenerla

en casa. A él siempre le había gustado disfrutar de su propio espacio y conservar la privacidad, pero estaban avanzando mucho más de esa forma que en la oficina.

–Tenemos una videoconferencia en dos horas –le dijo, mirando el reloj.

–Max, haré la maleta enseguida –dejó el bolso y las llaves sobre la mesita de la entrada–. Entra y ponte cómodo.

Max miró a su alrededor. Nunca se le habría ocurrido pensar que su supereficiente asistente ejecutiva pudiera ser de las que sentían debilidad por la decoración costera y sencilla, pero, a juzgar por los muebles rústicos pintados de blanco con cojines azules y amarillos, y los adornos con caparazones de moluscos, no podría haberse equivocado más. Al entrar en la casa daba la sensación de acabar de volver de la playa. Incluso las alfombrillas de paja se parecían a las de las casas de playa.

Hizo un esfuerzo por identificar a la mujer que conocía con aquella decoración informal, pero fue una labor imposible. Él estaba acostumbrado a ver a Dana enfundada en conservadores trajes profesionales, con el pelo estirado y recogido en recatados moños, tal y como estaba en ese momento; nada que ver con la joven de piernas largas y mejillas sonrojadas con la que se había encontrado esa mañana en su cocina.

«Olvídalo, Hudson», se dijo.

–¿La casa estaba decorada cuando la alquilaste? –le preguntó.

–No, la decoración es mía. ¿Quieres algo de beber mientras esperas? –dijo ella en un tono apresurado, como si se sintiera incómoda teniéndolo en su propia casa.

–No, gracias.

–Entonces, siéntate. Vuelvo enseguida –dijo ella, desapareciendo por la esquina de un pasillo.

Los intensos tonos dorados y rojos de una escena marina colgada detrás del sofá llamaron su atención. Prácticamente podía sentir el calor del sol de poniente reflejado sobre la superficie del agua y la inmaculada arena blanca. Avanzó un poco y se fijó en otro cuadro en el que aparecía un pájaro de un intenso color amarillo sobrevolando el más azul de los océanos. En otro de los cuadros se veía a una niña risueña que jugaba a hacer casas de arena junto a la orilla. Las pinturas, similares en el estilo y en la técnica, eran de una ejecución excelente y parecían tan reales que Max casi podía oír las olas y oler el salitre.

Comprobó la firma del artista. Los tres eran de una tal Renée Fallon. ¿Un pariente de Dana? Tenía que preguntarle.

Un conjunto de fotos familiares llamó su atención en la pared opuesta. Dana, mucho más joven, aparecía en compañía de su padre, su madre y un hermano adolescente. Se parecía mucho a ellos. Se volvió una vez más hacia la pintura de la niña que jugaba en la playa y advirtió algunas similitudes; los mismos ojos marrones, la misma sonrisa, las mismas piernas largas y el mismo cabello oscuro. Era Dana, sin duda alguna. Así que la artista debía de conocerla bien.

Examinó todas y cada una de las fotografías. Era como verla crecer delante de sus ojos. Sin embargo, en las fotografías donde aparecía la Dana universitaria algo había cambiado en la expresión de su rostro, volviéndola más seria y forzada. ¿Cómo había dejado de ser un espíritu libre para convertirse en una mujer fría y estirada?

En la siguiente foto había un grupo de hombres jóvenes vestidos para jugar sentados alrededor de un joven de unos veintitantos. El joven, que tenía un trofeo en las manos, sonreía a la cámara. Su tez era igual que la de Dana y sus rasgos eran muy parecidos, aunque más masculinos. Ella le había dicho que su hermano era entrenador de rugby, así que tenía que ser él. Y estaba en una silla de ruedas.

Ella nunca se lo había dicho.

Volvió a las fotografías donde el muchacho era un atleta fornido vestido con la camiseta de un equipo de rugby. ¿Qué había ocurrido?

«No necesitas saberlo. Las vidas privadas de tus empleados no son asunto tuyo a menos que interfieran en su trabajo», le decía un voz en su interior.

Pero Dana le había dicho que una llamada de su hermano la había hecho decidirse a dejar Hudson Pictures.

De pronto le sobrevino un bostezo. La culpa la tenía la falta de sueño junto con la decoración tan relajante de Dana. Aquellas paredes pálidas y en tonos azules y los muebles de inspiración marina le hacían soñar con caminar descalzo por la playa, sintiendo la suave arena entre los dedos de los pies con una bebida tropical en la mano.

El cansancio lo golpeó con dureza. ¿Cuándo era la última vez que había tenido unas vacaciones? Quizá podría tomarse unas después de terminar la película.

No. Después de que su abuela… Ahuyentó esos pensamientos, se frotó los ojos con ambas manos y se sentó en el sofá. No quería perderse ninguno de los días que le quedaban a su abuela Lillian.

Miró el reloj y apoyó la cabeza sobre el respaldo. Le daría dos minutos más y entonces la llamaría para que se diera prisa.

Ver su casa le había despertado la curiosidad.

¿Quién era la verdadera Dana Fallon? ¿La eficiente y sobria asistente ejecutiva que vestía con rigurosos trajes de falda y chaqueta, o la joven sensual e informal que llevaba vaqueros y tops ajustados?

De repente sintió muchas ganas de averiguarlo.

La tentación de despertarlo con un beso casi fue demasiado grande.

Casi demasiado.

Lo llamó en un susurro.

—Max.

Él no se movió.

Dos horas antes había salido de su dormitorio y se lo había encontrado dormido. No recordaba haberlo visto tan relajado desde que lo conocía. Prácticamente se había disuelto sobre los cojines del sofá, pero en realidad no era de extrañar. La noche anterior no debía de haber dormido ni dos horas seguidas. Estaba forzándose demasiado, igual que había hecho después de perder a su mujer.

¿Por qué los hombres siempre pensaban en volcarse en el trabajo para superar los problemas? ¿Acaso no sabían que no funcionaba? Lo único que conseguían era retrasar la resolución. Y el cansancio extremo hacía mucho más difícil lidiar con cualquier clase de obstáculo.

Se había quedado profundamente dormido y Dana no había sido capaz de despertarle. Oscuras ojeras asomaban bajo sus ojos y ella había decidido dejarle descansar un rato, aunque más tarde se enojara con ella.

–Max –volvió a decir en un tono ligeramente más alto.

Él siguió sin moverse.

Dana se mojó los labios y se sentó a su lado. La cálida proximidad de su cuerpo le aceleraba el corazón, pero sabía que no podía tocarle. Acercó una mano a su rostro y estiró los dedos, sin tocarle.

–Max, despierta –le dijo, poniéndole una mano sobre el hombro y sacudiéndole suavemente.

Él abrió los párpados lentamente.

–Buenos días –le dijo, esbozando una sonrisa.

–Buenos días –dijo ella.

De repente sintió su mano en la espalda. Sus dedos dejaban un rastro de fuego a su paso.

La agarró de la nuca y tiró hacia sí.

Dana contuvo la respiración y no pudo sino dejarse llevar como una muñeca de trapo.

En unos segundos sintió la calidez de sus labios por primera vez y entonces, durante un instante, se le paró el corazón…

Él abrió la boca y le dio un beso apasionado que la devolvió a la vida.

Aturdida y anonadada, Dana respondió a sus caricias y le devolvió el beso con fervor, pero la realidad estaba a punto de golpearla en la cara…

¿A quién se creía que estaba besando? ¿A una de sus rubias amantes? ¿A su difunta esposa?

Dana se apartó con brusquedad.

Max se puso tenso. La neblina que velaba su mirada se desvaneció de un plumazo y la cordura regresó.

–Lo siento. No debería haberlo hecho.

Ella apretó los puños y resistió la tentación de llevarse los dedos a los labios.

–No importa. Debías de estar soñando.

Él apretó la mandíbula.

–Sí, probablemente.

Miró el reloj.

–Me he perdido la videoconferencia. No deberías haberme dejado dormir –le dijo en un tono de acusación que la hizo despertar de su ensoñación.

–Necesitabas descansar. He llamado para posponer la llamada. Será a mediodía. No me supuso mucho problema y nadie se molestó. Si hubiera sido al contrario, te habría despertado. Y por eso te he despertado ahora. Tenemos que irnos –se puso en pie y apretó los brazos contra las caderas para disimular los temblores que la sacudían de arriba abajo–. Te he dejado un cepillo de dientes en el baño, por si te quieres refrescar un poco.

Max se levantó del sofá y se detuvo junto a ella. Estaba tan cerca que podía oler su masculino aroma y sentir el calor de su vigoroso cuerpo.

Dana tenía que moverse, pero las piernas no le hacían caso. Echó la cabeza hacia atrás y deseó con todas sus fuerzas que él volviera a besarla con la misma intensidad de antes, pero que lo hiciera completamente despierto esa vez, consciente de lo que hacía.

Como si pudiera leerle la mente, Max le miró los labios y sus pupilas se dilataron, pero entonces volvió a mirarla a los ojos y su boca se contrajo con el rictus del rechazo.

–Lo siento. No ocurrirá de nuevo.

–Yo… No tiene importancia. No hay problema.

Max miró las fotos de la pared.

–¿Es tu hermano?

Otro abrupto cambio de tema.

–Sí.

–¿Qué le pasó?

–¿Quieres saber cómo terminó en una silla de ruedas?

Él asintió.

–James se fue a nadar a una presa con sus compañeros de equipo de la universidad. Hizo buceo donde no debía. Tenemos mucha suerte de que esté vivo. Siempre había querido llegar a ser profesional, pero no pudo lograr su sueño, así que se concentró en convertirse en entrenador y nunca se rindió. Es muy fuerte y jamás dejó que su discapacidad se interpusiera en su camino.

–¿Y los cuadros? ¿Quién es Renée Fallon?

–Mi madre –dijo Dana, pensando que lo había dejado solo durante demasiado tiempo y que ya no tenía más remedio que contestar a sus preguntas personales a pesar del remolino de emociones que sacudía su mente.

–Es muy buena.

–Sí. Todos estamos muy orgullosos de ella.

Sin decir ni una palabra más, él echó a andar hacia la puerta de salida.

Dana se llevó la mano a los labios.

«Olvídalo. Ese beso nunca ha ocurrido».

Capítulo Cuatro

Los estudios de Hudson Pictures en Burbank le recordaban a Dana su casa.

La propiedad tenía un aire de los cuarenta que resultaba nostálgico y pintoresco, y a ella le encantaba todo, desde los enormes edificios que albergaban los distintos decorados a los pequeños que servían de oficinas. Era el diseño de esos bungalós lo que le recordaba a la casa de sus padres en Southport, Carolina del Norte, porque había sido construida en la misma época.

Dana sofocó la oleada de añoranza y se recordó a sí misma que estaba viviendo tanto su sueño como el de su padre, y que muy poca gente tenía ese privilegio.

Mientras caminaba por los pasillos de los estudios junto a Max, un torbellino de emociones teñía de color sus pensamientos. En su primer día en Hudson Pictures, Lillian le había enseñado las instalaciones personalmente y le había contado su impresionante historia de amor con Charles Hudson. Sus ojos, tan increíblemente azules como los de su nieto, todavía brillaban de emoción cuando hablaba de su difunto esposo.

Le había contado que el sueño de Charles siempre había sido llevar su gran historia de amor a la gran pantalla. El patriarca de los Hudson había muerto en 1995 sin ver realizado su sueño, así que ella se había propuesto cumplir la ilusión de su difunto esposo antes de unirse con él. Lillian quería que el mundo supiera la clase de hombre que había sido su marido.

Los que conocían a Lillian Hudson jamás habrían podido imaginar que la matriarca de los Hudson había trabajado como espía mientras actuaba en un cabaret de Francia durante la Segunda Guerra Mundial. Y había sido precisamente allí donde había conocido al que sería su esposo. Allí habían contraído matrimonio en secreto y, tras la liberación de Francia, Charles había sido destinado al frente de batalla en Alemania, no sin antes prometerle que volvería a buscarla tan pronto como pudiera.

Había cumplido su promesa y después se la había llevado con él a California para convertirla en una estrella.

Dana suspiró y se apretó el pecho con una mano. Todas las mujeres debían vivir un romance como ése. Ella habría dado cualquier cosa por tener un amor dispuesto a cruzar continentes por ir en su busca.

–Dana.

Al oír la voz de Max se sobresaltó.

–¿Qué?

Él se detuvo delante de su bungaló oficina y la miró fijamente.

–¿Has oído algo de lo que te he dicho?

Dana sintió ardor en las mejillas.

–Eh… no. Lo siento. Estaba pensando en el guión de *Honor* y en la suerte que tuviste al conseguir que Cece Cassidy lo escribiera. Hizo un gran trabajo.

–Jack la convenció. Él consiguió una gran historia y también un hijo al que no conocía. Una afortunada casualidad.

El romance de Jack y de Cece era una de las muchas historias que estaban ligadas al rodaje de la película, pero ella no albergaba ninguna esperanza para sí.

Max frunció el ceño, como si pudiera leerle el pensamiento.

–Lillian está encantada de haberse convertido en abuela –dijo ella, cambiando de tema.

Max arrugó aún más el entrecejo.

–¿Hay algo más que quieras compartir conmigo antes de entrar en la reunión?

Dana se encogió al oír aquel comentario sarcástico y entonces recordó un detalle que casi había olvidado. Según los rumores, Karen y él habían intentado tener un hijo por la época en que ella había muerto.

–No. He hecho una lista con los puntos más candentes, pero no sé muy bien por qué tu tío David ha convocado esta reunión, y no quiso decírmelo. No sé si lo que tengo será lo suficientemente relevante.

Dana entró apresuradamente, dejó las cosas sobre su viejo escritorio y le entregó una carpeta.

–Todo lo que necesitas está ahí. ¿Quieres que me quede durante la reunión?

–Sí, pero hablo yo.

–Muy bien.

Él apenas había hablado durante el camino. ¿Acaso seguía pensando en ese beso que… no debía haber pasado?

¿Qué habría hecho Max si ella no se hubiera apartado?

«Nada. No te estaba besando a ti. Estaba besando a la mujer con la que soñaba», se dijo con tristeza.

–Tenemos un problema –dijo David Hudson por el altavoz.

David no era precisamente un hombre ejemplar. El tío de Max podía ser agradable en su trato, pero en realidad era un mujeriego que no tenía tiempo para sus propios hijos y la única razón por la que Dana lo toleraba era que trataba bien a Lillian, su madre.

–¿Qué otro problema hay aparte de una falta de tiempo?–preguntó Markus Hudson, el padre de Max y director general de Hudson Pictures.

Dana simpatizaba mucho con el padre de Max. Estaba muy apegado a su hijo y en ocasiones pasaba por su despacho para saludarlo y conversar un rato. Markus Hudson era un padre, hijo y marido ejemplar.

Max y Dana eran los únicos presentes en la reunión. El hermano mayor de Max y vicedirector de la productora, Dev, y el más pequeño, Luc, responsable de relaciones públicas, los escuchaban a través del teléfono, pero no habían hablado hasta ese momento.

–¿De qué se trata, David? –preguntó Max.

–Willow Films está haciendo una película ambientada en la Segunda Guerra Mundial. Va a estrenarse justo antes que *Honor*.

Dana contuvo el aliento. Willow era la gran rival de Hudson Pictures.

–Y lo que es peor –continuó David–, dicen por ahí que la historia guarda cierto parecido con el guión de *Honor*. Pero no encuentro a nadie que me diga si son tan parecidas realmente.

–¿Cómo de fiable es tu fuente? –preguntó Dev.

–Yo confío en ella.

Max empezó a ponerse muy tenso y cerró los puños sobre el escritorio.

–Aunque pudiéramos adelantar la fecha de estreno, no creo que podamos terminarla a tiempo.

–No te pedimos eso, hijo –dijo Markus–. Quizá necesitemos hacer una promoción más agresiva para hacer más ruido que Willow.

–Me pondré con ello –contestó Luc–. Pero me ayudaría mucho saber algo más del producto de Willow.

–Veré lo que puedo conseguir, pero no sueltan prenda –dijo David.

Un chorro de adrenalina recorrió las venas de Dana. Uno de sus ex era director ejecutivo en Willow y, por suerte, habían terminado por las buenas. De hecho, él le debía un favor…

Dana se puso derecha y lo meditó un segundo. ¿Podría sonsacarle la información que necesitaban?

Abrió la boca para decir algo, pero la cerró inmediatamente. ¿Qué sentido tenía hacer promesas si no estaba segura de poder cumplirlas? Era mucho mejor tantear el terreno antes de decir nada.

Pero la oportunidad que tanto había deseado para abrirle los ojos a Max por fin se presentaba ante ella, y no pensaba desaprovecharla.

***

—Cuánto tiempo, cariño —dijo Doug al sentarse junto a Dana en The Castaway el martes por la tarde.

Ella lo había invitado a ese restaurante con vistas al campo de golf porque siempre había sido su favorito cuando salían juntos. En cuanto el sol se ponía y se encendían las luces de la ciudad, el escenario se volvía mágico, pero nunca había logrado despertar el romance entre ellos.

—Me alegro de que hayas podido quedar tan rápido —Dana se levantó de la silla para darle un beso en la mejilla, pero, como siempre, él volvió la cabeza en el último momento, y terminó dándole un beso en los labios. Era uno de esos tipos que besaba a todas las mujeres en los labios, ya fueran jóvenes o viejas, y como era un chico de oro, encantador, inteligente, atractivo y ambicioso, siempre se salía con la suya sin más problema.

Desafortunadamente, la química con él nunca había surgido, aunque sí lo habían intentado con todas sus fuerzas.

—Tuviste suerte de pillarme cuando llamaste. El jefe y yo nos vamos mañana a primera hora. No regresaré hasta dentro de dos semanas, o más, si las cosas no salen bien.

—Oh, me voy a poner celosa. Siempre estoy a la caza de nuevas localizaciones. ¿Adónde vas?

—No puedo decirlo. Es alto secreto, pero se trata de un sitio cálido y soleado con sombrillas y daiquiris —sus pálidos ojos azules, mucho más claros que los de Max, brillaban con picardía—. Enhorabuena por el ascenso —le dijo, tomando asiento.

—¿Te has enterado?

—La fábrica de sueños es una comunidad pequeña y cotilla. Además, en otro tiempo fuiste mi chica, así que siempre te tengo vigilada. ¿Cómo te va por ahora?

—Me va bien. Hay mucho que aprender, pero estoy esforzándome mucho.

—Supongo que debes de soportar mucha tensión, sobre todo ahora que estáis a punto de acabar *Honor*.

Dana sonrió. Él mismo había sacado el tema, y así le ponía las cosas más fáciles. Como director ejecutivo, Doug ejercía las mismas funciones que ella desempeñaba en Hudson Pictures, pero sí estaba al tanto de los últimos proyectos.

—Sí, hay mucha tensión. He oído que Willow va a sacar su propia película sobre la Segunda Guerra Mundial muy pronto.

—Has oído bien.

—¿Es romántica?

Doug esbozó una sonrisa juguetona.

—Podría ser.

—Oh, vamos, Doug.

Él se inclinó hacia delante y tomó las manos

de ella entre las suyas. Era un gesto muy familiar que solía hacer muy a menudo.

–¿Y por qué debería decírtelo? Trabajas para el enemigo, ¿recuerdas?

–¿Y qué tienes que perder? Todo el mundo en Hollywood está al tanto de la historia de amor de Charles y Lillian, y vuestra película va a salir antes. Además, fui yo quien te presentó a la persona que te contrató para este empleo, ¿recuerdas?

Doug vivía en su bloque de apartamentos. Muchas veces le había servido de acompañante cuando asistía a los estrenos de las películas y en una de esas ocasiones le había presentado a uno de sus contactos cinematográficos.

–Bien dicho –la soltó, llamó al camarero y pidió una botella de champán.

Habían pasado cerca de un año juntos, pero él todavía recordaba cuál era su champán favorito.

–Sí, es romántica. Sé lo mucho que te gustan los romances sensibleros.

–¿Y es muy parecida a la nuestra?

–Similar.

Dana hizo una mueca.

–Eso nos pondrá difícil la estrategia de marketing.

–No, si marcáis la diferencia.

Eso era exactamente lo que había dicho Markus.

—¿Y cómo vamos a saber cuáles son las diferencias?

El camarero les sirvió el champán y Dana tuvo que esperar a que se marchara antes de volver a formular la pregunta.

Doug levantó un dedo y la hizo callar.

—Primero vamos a celebrar tu ascenso —levantó su copa y Dana no tuvo más remedio que chocar la suya y beber un sorbo del líquido dorado.

Doug puso la mano sobre la suya.

—Dana, relájate. No trabajé en la película directamente, así que no conozco muchos detalles, pero a lo mejor tengo una copia del guión en mi casa. Ven a casa conmigo y lo comprobaré. Si no lo tengo, probablemente podré conseguirte una copia cuando regrese. Después de todo, como tú dijiste, no tengo nada que perder. El juego ya está muy avanzado como para jugar a los espías.

Dana se llevó una agradable sorpresa. Las cosas no podrían haber salido mejor.

—¿Te traerá algún problema?

—No lo creo. Primero tantearé el terreno.

—No quiero que te echen.

Él le guiñó el ojo.

—Ni yo tampoco.

—Creo que podría besarte, Doug.

—Por favor.

Dana se detuvo un momento.

–Pero ya sabes que…

–Dana, cállate y bésame. Ya sé que no significa nada, pero si me ven con una tía buena, estaré más cotizado.

Riendo a carcajadas, Dana se puso en pie, se inclinó sobre la mesa y le dio un rápido beso en la boca.

–¿Qué hay que celebrar? –preguntó una voz conocida a sus espaldas.

Dana se dio la vuelta.

Max estaba allí, atravesándola con ojos de hielo.

–Uh… Hola, Max –le dijo, sin saber dónde mirar.

Doug se puso en pie.

–Estábamos celebrando el ascenso de Dana. Me alegro de que por fin hayas reconocido toda su valía.

Dana le lanzó una mirada de advertencia a Doug, pero éste la ignoró por completo y le ofreció la mano a Max.

–Soy Doug Lewis. Nos conocimos hace un par de años en el estreno de *Legions*.

Max le estrechó la mano sin mucha efusividad.

–Ya recuerdo.

Sin duda decía la verdad. Dana sabía que él nunca olvidaba un nombre ni una cara. Sin embargo, en aquel momento Doug no trabajaba para Willow.

–Gracias por pasar a saludarnos –dijo Doug, intentando librarse de él–. No queremos entretenerte.

Dana volvió a mirarle fijamente una vez más, pero su amigo no quiso darse por aludido.

–Tengo una reunión –dijo Max, mirando a Dana–. No trasnoches mucho. Mañana tenemos la agenda completa. Te veré en la cocina a las seis –dijo y se fue sin más.

Dana lo siguió con la mirada hasta la mesa donde le esperaba su hermano mayor.

–¿Estás loco? –dijo, volviéndose hacia Doug.

–Vaya. ¿Te veré en la cocina a las seis?

Dana suspiró.

–Me estoy quedando en su casa hasta que terminemos la película. Así aprovechamos más las horas de trabajo porque no tengo que desplazarme.

–Siempre has estado loca por él.

Dana se ruborizó.

–Max es mi jefe. Claro que me gusta y lo respeto.

–Es algo más y tú lo sabes… La ocasión la pintan calva, cariño. Seguro que podemos darle un poco de emoción al asunto –dijo, agarrándola del brazo.

Dana soltó un quejido de cansancio y se dejó caer sobre la silla.

–¿Por eso me pediste que te besara? ¿Porque le habías visto venir?

Él se encogió de hombros.

—A lo mejor.

—Parece que estuvieras a punto de explotar, hermanito –dijo Devlin al ver llegar a su hermano.

—Mi asistente está ahí al lado, bebiendo y cenando, cuando en realidad debería estar trabajando.

—Tú también has salido hoy.

—Pero esto es trabajo. Estamos aquí para hablar del negocio. Maldita sea, estos plazos de entrega nos están ahogando.

—Acelerar el ritmo de producción nos ha puesto bajo presión, pero no puedes esperar que esté siempre trabajando.

—Todos trabajaremos contrarreloj hasta entregar la película. Ella sabía dónde se metía antes de aceptar el puesto de productora ejecutiva, y se le paga por ello. Si quería trabajar de nueve a cinco de la tarde, podría haberse quedado con su antiguo trabajo.

Devlin miró por encima del hombro de su hermano y entonces arrugó la expresión de los ojos.

—¿Conoces bien a Dana?

—¿Por qué?

—Su cita es Doug Lewis.

—Sí, ya lo conozco.

–Es el asistente de Trey Jacob.

A Max se le hizo un nudo en la garganta.

–¿Lewis trabaja para Willow?

–Así es. A lo mejor deberíamos tener motivos para preocuparnos. ¿Crees que ella…?

El primer impulso de Max fue negar la acusación, pero Devlin había sembrado la semilla de la duda y las raíces de la desconfianza crecían deprisa.

¿Sería ella capaz de traicionarle?

Rápidamente Max intentó hacer un esfuerzo por recordar. El estreno de *Legions* no había sido la única vez que la había visto con Lewis.

–Por lo menos lleva dos años saliendo con él.

–Yo creo que deberíamos investigar este asunto –dijo Devlin.

–Estoy de acuerdo. Hablaré con ella esta noche.

–¿Esta noche?

Max deseó haberse expresado de otra forma.

–Cuando llegue a casa.

–¿La llamas a esa hora?

–No. La veo a esa hora. Se está quedando en mi casa.

Dev levantó la vista.

–¿Está viviendo contigo?

–No. Se está quedando en mi casa hasta que terminemos la película.

–No parece que haya mucha diferencia.

–Te equivocas. Sólo son negocios. Trabajar en casa me evita muchas interrupciones y así aprovecho mejor las horas de trabajo. Se está quedando en la habitación de invitados. No es nada personal.

–Pero estáis en la misma casa. Créeme cuando te digo que las mujeres se hacen ilusiones muy fácilmente cuando comparten casa. Todo cambia a partir de ese momento.

–Pero Dana tiene las cosas claras.

–Espero que tengas razón –le dijo Dev con escepticismo–. Creo que ya entiendo. Esto es por Karen.

–No –dijo Max rápidamente.

–Sí. No quieres que Dana esté por ahí por la noche a causa de lo que le pasó a Karen. Es la misma razón por la que nunca dejas que tus ligues se vayan a casa a medianoche en lugar de librarte de ellas lo antes posible, como haría cualquier hombre sensato. O mejor todavía, vas a su casa, haces lo que tengas que hacer y te vas al acabar. Así te evitarías la incómoda situación de la mañana siguiente.

–Estás relacionando cosas inconexas.

–Mentiroso –le dijo Dev en un tono fraternal–. No fue culpa tuya, Max.

–Necesito una copa –miró a su alrededor en busca de un camarero.

Aquella noche había bebido demasiado, y

por eso había insistido en que Karen condujera el coche.

Un nudo de tensión le atenazó el estómago.

—No debería haberla dejado conducir.

—Ella era lo bastante adulta como para tomar esa decisión, Max.

—Pero estaba cansada.

—Karen podría haber llamado a un conductor. No sería la primera vez. O podría haberse
tomado dos tazas de café. Todos sabemos que
ella siempre tuvo agallas suficientes para exigir
lo que quería, dentro y fuera del trabajo. Y esa
noche no fue distinta de las demás.

Max escuchó las palabras de su hermano
con atención.

Involucrarse con alguien del trabajo nunca
era buena idea porque los problemas personales siempre acababan en el trabajo. Karen también había sido su asistente ejecutiva y, aunque
casi nunca habían discutido durante su breve
matrimonio, cuando lo hacían los negros nu-
barrones del mal humor siempre los seguían a
la oficina.

—Olvídalo ya. El pasado, pasado está. Ahora
mismo tenemos una crisis que resolver —añadió Devlin—. Tienes razón, Max. Puede que el
parecido entre la película de Willow y la nuestra sea pura coincidencia. A veces las casuali-
dades ocurren. Si se tratara de cualquier otra
productora, no lo pensaría dos veces. Pero se

trata de ésta en particular y, si hay alguna filtración de información, entonces debes considerar la posibilidad de que Dana sea la fuente.

Max también había llegado a esa conclusión por sí solo.

–Si la despido no lograré terminar la edición dentro del plazo.

–Entonces, no la despidas. Todavía. Sólo tienes que mantenerla bien vigilada. ¿Podrás hacerlo?

Max pensó que no le supondría mucho problema. Ella ya vivía bajo el mismo techo y sólo tendría que tenerla bien controlada hasta noviembre.

–Claro. Averiguaré si ha filtrado algo y, de ser así, pronto sabré cuánto.

Capítulo Cinco

Dana cerró la puerta de entrada con tanto sigilo como pudo, pero al darse la vuelta se encontró con una oscura sombra que la acechaba desde el recibidor.

Se sobresaltó y se lanzó hacia la alarma de seguridad, dispuesta a ponerla en marcha si era necesario.

La luz se encendió y el hombre del pasillo resultó ser Max.

Dana se llevó la mano al corazón, que le latía a mil por hora.

—¿Qué le has dicho a Lewis sobre la película?

Ella reprimió un gesto de dolor. Desde el momento en que lo había visto en el restaurante se había temido lo peor.

—Nada.

—Trabaja para Willow —le dijo en un tono acusador.

Dana sabía que no podía decirle la verdad hasta tener una copia del guión en la mano. Tenía que asegurarse de que el trabajo de Doug no correría peligro. Su amigo no había encontrado la copia que tenía en casa, así que no le quedaba más remedio que esperar a que la buscara en su despacho a su regreso del viaje.

–Sí. Trabaja para Willow. Lleva un par de años allí. Y deberías saber que yo le ayudé a conseguir el trabajo.

–¿Para poder intercambiar información con él?

–No.

¿Le has pasado información acerca de nuestra película?

Dana dio unos pasos adelante y lo atravesó con la mirada.

–No, Max. ¿Por qué haría eso?

–Dímelo tú.

–¿Crees que le he pasado información a la competencia?

–¿Lo has hecho?

Aquella acusación se le clavó en el pecho.

–Intentaba sacarle algo a Doug, no pasarle información. Querías saber algo acerca de la nueva película de Willow. Yo conozco a Doug desde hace mucho tiempo. Esperaba que él pudiera decirme lo que necesitábamos saber.

–¿Y lo hizo?

–Todavía no.

–Le besaste.

Dana se encogió de hombros.

–Doug besa a todo el mundo. No significa nada.

–Ayer me besaste.

–No. Tú me besaste a mí. Pero supongo que no tenías ni idea de a quién estabas besando. No estabas despierto, o consciente… No era en mí en quien pensabas.

Dana se sentía tan incómoda con aquella conversación que apenas podía sostenerle la mirada.

–Es tu amante.

Dana frunció el ceño.

–Lo fue. Pero ya no lo es. Eso terminó hace mucho tiempo.

–¿Antes o después de que empezara a trabajar en Willow?

Dana se preguntó por qué estaba tan interesado en saber esas cosas.

–Por aquella época. Como no queríamos tener problemas, terminamos lo nuestro.

Por aquel entonces se habían dado cuenta de que estaban mucho mejor como amigos. Además, Doug no había tardado en darse cuenta de que ella sólo buscaba a alguien que la hiciera olvidar a Max.

–¿Vas a volver a verle?

Dana sintió el picor del rubor en las mejillas.

–No hemos fijado una fecha.

–Pero vas a volver a verle.

–Podría ser. Es un amigo.

Max se acercó hasta estar a unos pocos centímetros de ella, tan pocos que Dana tuvo que echar la cabeza atrás para mirarle de frente.

—Podría despedirte por ese conflicto de intereses del que me has hablado.

A Dana le dio un vuelco el estómago.

—No tienes por qué hacerlo, Max. Te digo la verdad. No le he pasado ninguna información profesional. Estoy tratando de ayudar y no tengo ninguna intención de perjudicar a Hudson Pictures.

—¿Vas a acostarte con él para conseguir la información?

Dana contuvo el aliento, incapaz de creer lo que acababa de oír.

—No.

—¿Y vas a volver a besarlo?

—Probablemente. Ya te dije que Doug besa a todo el mundo.

—¿En serio?

Dana no entendía muy bien lo que pasaba por la mente de Max en ese momento. Nunca le había visto así en todos los años que llevaba en la empresa. No estaba bebido, pero su actitud era ligeramente agresiva y posesiva bajo la aparente superficie de calma.

—No. Soy muy selectiva cuando se trata de besar.

Él arrugó la expresión de los ojos y avanzó unos pasos más.

—¿En serio?

Dana sintió un nudo en el estómago.

—Max…

–Sí que sabía a quién besé ayer. Yo siempre sé a quién beso.

Le levantó la barbilla con los nudillos y tomó sus labios con un beso.

Dana se quedó paralizada. Su torrente sanguíneo era un torbellino de calor, deseo y adrenalina. Los labios de Max se apretaban contra los suyos propios y la obligaban a entreabrirlos, dejándose devorar por él. Un gemido escapó de sus labios y entonces hundió las uñas en las palmas de las manos al tiempo que buscaba un resquicio de cordura en su atolondrada inconsciencia. El deseo de rodearle con ambos brazos era muy intenso, pero tenía que resistir.

No entendía nada de lo que estaba pasando. No sabía por qué la besaba, pero eso tampoco tenía importancia. Había soñado con ese momento demasiadas veces como para cuestionarlo o rechazarlo. Su potente pectoral le aplastaba los pechos y los muslos de Max se rozaban contra los suyos.

De repente él la rodeó con los brazos y la hizo apretarse contra él con brusquedad. Su calor le abrasaba la piel y llegaba a todos los rincones de la mujer enamorada que había en ella. La presión de sus labios se hacía cada vez más violenta y entonces Dana ya no pudo resistirse más. Se inclinó ligeramente hacia atrás, abrió aún más los labios y, soltando el bolso, se entregó de lleno a aquel arrebato de pasión. Le rodeó con ambos brazos y se dejó llevar por el tornado que hacía girar la habitación a su alrededor.

Él recorrió sus muslos con ambas manos y se detuvo justo antes de llegar a sus pechos, haciendo endurecer sus pezones.

Ella deseaba que la tocara con todas sus fuerzas, pero él no lo hacía.

El agarre de sus poderosas manos masculinas se aflojó de pronto.

—No vuelvas a ver a Lewis si quieres conservar tu trabajo —le dijo, apartándose bruscamente.

Dana hizo todo lo posible por recuperar el aliento y la razón.

—¿Y… y si no puedo prometerte eso?

—Si estuviera en tu lugar me lo pensaría muy bien antes de negarme. Tu trabajo no sería el único que estaría en la cuerda floja —dijo y, dando media vuelta, empezó a subir las escaleras.

Dana tuvo que apoyarse contra la puerta para no perder el equilibrio. Los latidos de su corazón retumbaban en sus oídos haciendo un ruido ensordecedor.

Al verla reprimir un bostezo, Max se puso en pie.

—Tómate un descanso.

Dana lo miró a los ojos.

—Ni siquiera es medio día.

–No tenemos tiempo para corregir los errores que cometes cuando estás cansada.

Ella se puso derecha enseguida.

–Si estuviera tan cansada, me tomaría un descanso. Yo conozco mis limitaciones, Max. ¿Y tú? ¿Conoces las tuyas?

Él se pasó una mano por el cabello y se volvió hacia la ventana.

La noche anterior apenas había podido pegar ojo. ¿Qué había hecho Dana durante esas dos horas después de marcharse del restaurante con Doug Lewis? ¿Acaso se había metido en su cama después de conducir por sinuosas carreteras con unas cuantas copas de champán en el cuerpo?

–Me voy a nadar –le dijo. De repente sentía un deseo incontenible de salir de la habitación.

Dana parpadeó. Sus largas pestañas ocultaban la confusión que reflejaban sus ojos.

–De acuerdo. Yo me ocupo del teléfono.

–No. Tú vienes conmigo. Los dos estaremos más despiertos después de tomarnos un descanso.

–Pero…

–Es sábado, Dana. No llamará nadie importante. Ponte el traje de baño. Te veo fuera –dijo y se marchó sin darle tiempo a protestar.

Unos minutos más tarde Dana abrió la puerta que daba acceso a la piscina desde la habitación de invitados. Llevaba un ceñido biquini negro que se ajustaba a las delicadas curvas de su cuerpo con firmeza y suavidad.

Max trató de romper el hechizo que amenazaba con apoderarse de él. Sólo era Dana, su asistente personal, la mujer que llevaba cinco años siendo su mano derecha, la mujer que lo había apoyado en los momentos difíciles, la mujer que quizá lo había traicionado...

De repente una escurridiza idea se coló por la puerta de atrás de la consciencia como un hilo de humo negro. La mejor forma de acabar con las conversaciones entre Dana y Lewis era mantenerla alejada de la cama de otro hombre.

La idea desencadenó una avalancha de calor que le recorrió las entrañas, pero la razón se interpuso con una inquietante advertencia en forma de cosquilleo. Acostarse con una empleada nunca era buena idea. Esa lección la había tenido que aprender por las malas. Sin embargo, tampoco iba a casarse con ella. Dana tenía intención de dejar Hudson Pictures lo antes posible, si ganaba la apuesta...

Seducirla para obtener un beneficio propio no era lo correcto, pero si lo hacía, conseguiría varios objetivos. Por una parte, podría satisfacer de una vez la curiosidad que lo consumía por dentro y que no le dejaba concentrarse. Y por otra, conseguiría averiguar qué secretos habían compartido Lewis y ella.

Fue hacia ella lentamente y sintió el momento exacto en el que Dana se dio cuenta de que algo no iba bien.

Se quedó petrificada. Parpadeó varias veces y entreabrió los labios; sus suaves y deliciosos labios. Ya no podía esperar más. Tenía que probarlos una vez más.

—¿Max?

A medida que se acercaba a ella, devoraba su cuerpo con la mirada; su cabello oscuro y sedoso, sus pechos turgentes…

Ella respiraba con dificultad y su pecho se hinchaba y desinflaba rápidamente.

Una chispa de oro captó la atención de Max justo por encima de la pieza inferior de su biquini. Una diminuta joya brillaba en su ombligo; un pequeño corazón de oro que se balanceaba con los ligeros temblores de su cuerpo.

Max levantó la mirada y buscó la de ella. ¿Quién era esa mujer?

Dana lo miró con firmeza y enormes pupilas. En sus ojos también había un deseo irrefrenable; sus labios húmedos y enrojecidos…

—Pensaba… Pensaba que íbamos a nadar.

Aquellas palabras le rozaron la piel como una caricia, poniéndole la carne de gallina.

Y ni siquiera la había tocado…

—Luego —le dijo.

Extendió un brazo y la agarró con un gesto posesivo. El tacto de su piel bronceada y caliente lo dejaba sin respiración.

Ella podía haberle traicionado. Y quizá estuviera tramando traicionarle de nuevo. Tenía que mantener la cabeza fría y recordar por qué hacía todo aquello.

Sin embargo, no resultaba tan sencillo. Deseaba besarla con tanto ahínco que se privó a sí mismo de sus besos deliberadamente y, agarrándola de los brazos, empezó a empujarla hacia la casa. La expectación le hacía la boca agua.

Sus cuerpos desnudos se rozaban sin cesar, y así podía sentir la presión de sus pechos; los pezones duros y turgentes.

Un arrebato de libido palpitaba en el bajo vientre de Max y todos los músculos del cuerpo se le tensaban.

Si ella tenía alguna duda acerca de lo que iba a ocurrir, entonces ya debía de haberse disipado.

Max se detuvo junto a la puerta de su dormitorio y le dio la última oportunidad a la razón para disuadirlo de tomar aquel camino sin retorno.

—Dana, si atravesamos esa puerta, te haré el amor.

Ella respiró hondo y, con una lentitud dolorosa, deslizó las puntas de los dedos a lo largo de sus brazos y muñecas, arañándole la piel. Y entonces dio un paso atrás y tiró de él.

Lo deseaba tanto como él a ella.

Max empujó la puerta y entró tras ella. Una

ola de aire fresco atravesó el umbral, pero no consiguió enfriar su piel ardiente. Una vez cruzaran la puerta, no habría vuelta atrás.

Ella cerró la puerta tras de sí, encerrándolos en aquella casa silenciosa.

La habitación olía y era como ella, como la otra ella; la mujer a la que acababa de conocer.

Había puesto algunas velas y también fotos de su familia y plantas.

¿Quién era esa mujer?

Max puso las manos sobre sus mejillas y la acarició con adoración al tiempo que enredaba los dedos en su rica melena. Ella echó la cabeza hacia atrás, pero Max continuó ignorando aquella invitación sin palabras. Le acarició el cuello, los hombros, los brazos…

Puso las manos a ambos lados de sus generosas caderas y trazó círculos sobre ellas con los dedos pulgares.

Ella temblaba y respiraba de forma entrecortada.

Deslizando las manos hacia arriba, Max dibujó su estrecha cintura y palpó el final de sus costillas, deleitándose con el tacto de su piel satinada. Ella cerró los ojos y entonces él la besó en un párpado y luego en el otro. Sus gruesas pestañas le hacían cosquillas en la barbilla y su delicado cuerpo se arqueaba hacia atrás, rozándole la entrepierna y disparando dardos de deseo que la atravesaban las entrañas.

Max respiró hondo y apretó los dientes.

La pasión descontrolada era para los adolescentes desesperados, pero la pasión en pequeñas dosis siempre traía una recompensa mayor.

Max se recordó a sí mismo que estaba haciendo todo aquello por un propósito. No obstante, sus objetivos se volvían un poco borrosos cada vez que probaba sus labios y tocaba su exquisita piel.

Mientras la acariciaba en la sensible zona detrás de la oreja, ella se estremeció de gozo y le arañó toda la espalda, arrancándole así un jadeo de placer que lo hizo retroceder un instante.

Reparó en el escote de su biquini. Sus pezones duros se dibujaban bajo el fino tejido de la prenda, invitándole a tomarlos en la boca y a saborearlos.

Sin embargo, resistió la tentación un rato más y comenzó a trazar un lento círculo con la punta de los dedos alrededor de su pecho. Al llegar al centro continuó avanzando hacia su abdomen y volvió a repetir el círculo alrededor del ombligo, y después alrededor del extremo superior de la parte de abajo del biquini.

Ella empezó a moverse con impaciencia. Sus cálidos y suaves muslos se frotaban el uno contra el otro.

–Max…

Aquel sutil gemido le llegó muy dentro. Ya no podía esperar más. Desató el nudo que le ataba el sujetador del biquini al cuello y se lo quitó con impaciencia, dejando sus pechos al descubierto lentamente.

A ver su desnudez Max tragó con dificultad.

Dana se desabrochó el nudo que se lo ataba a la espalda y la pieza de tela cayó al suelo. Max cubrió sus senos con ambas manos y empezó a masajearle los pezones con los pulgares. Ella respiraba irregularmente y se mordía los labios.

Él se inclinó adelante y tomó uno de sus hinchados pezones en los labios. Ella no sabía como ninguna otra mujer que hubiera probado antes. Era distinta y su exquisito sabor inundaba los sentidos.

—Mmm —susurró ella en un hilo de voz—. Eso me gusta.

Él enganchó la parte de abajo del biquini con el pulgar y tiró hacia abajo, deslizando la prenda por los muslos de ella hasta quitárselo por completo. Entonces le dio un beso en el pecho y siguió colmándola de besos por todo el abdomen, siguiendo la línea hasta el corazón de oro. Max rodeó la joya con la lengua y entonces ella soltó el aliento de forma entrecortada.

La agarró de los tobillos y le separó las piernas.

—¿Max?

Él deslizó las manos hacia arriba a lo largo

de sus piernas y le arañó la parte de atrás de las rodillas, haciéndola gemir.

Dana le agarraba de la cabeza y después le soltaba, poseída por los caprichosos impulsos del placer.

Por fin alcanzó sus muslos y masajeó sus torneados cuádriceps hasta llegar a la cara interior y caliente de su entrepierna. Deslizó la punta del dedo a lo largo del contorno de su sexo y, al sentir cómo se estremecía de gozo, le hizo la misma caricia con la lengua al tiempo que buscaba el centro de su feminidad con los dedos. Dana estaba caliente, húmeda y lista para él. Puso los labios donde antes la tocaba con los dedos y se deleitó con los suaves pétalos henchidos de su sexo, probando su sabor y explorando sus más íntimos rincones hasta hacerla gritar de gozo.

—Es demasiado. No puedo... —dijo ella, clavándole las uñas en la cabeza.

Él la agarró del trasero y empezó a lamerla con más ahínco, succionando y hundiendo los dedos bien adentro hasta que por fin Dana dejó de resistirse y se dejó llevar por la ola de éxtasis que la sacudía de pies a cabeza. Gemidos frenéticos escapaban de su boca y Max podía sentir cómo se tensaban sus músculos internos.

—Me vuelves loca, Max —le dijo un momento después, todavía flotando en una nube de inconsciencia.

Sin hacerle mucho caso a sus palabras, él se

incorporó y le dio un apasionado beso en la boca.

—No he hecho más que empezar, pero necesitamos protección —le dijo.

Ella parpadeó un momento y entonces se acordó.

—Yo tengo —le dijo, mordiéndose los labios como si acabara de confesarle algo inefable.

Se separó de él y fue al otro extremo de la habitación.

Max disfrutaba observándola. La firme curva de su trasero le hacía apretar los dientes. Deliciosa…

Dana era una mujer bellísima. ¿Cómo había estado tan ciego?

Ella sacó un paquete de plástico del bolso y se dio la vuelta. A pesar del rubor de sus mejillas había una chispa sexual en su mirada que lo tenía embelesado. No obstante, también había una oscura reticencia que acechaba desde lo más profundo de sus pupilas y que se hacía evidente en sus esquivas miradas y en su rígido lenguaje corporal.

Aquel titubeo despertó la curiosidad de Max.

Le quitó el paquete de las manos, la atrajo hacia sí y le dio un beso en los labios; un beso que se convirtió en un juego de mordiscos que le volvían loco.

La agarró con fuerza y se apretó contra ella, haciéndola sentir su erección contra el vientre, y entonces buscó el centro de su feminidad con la mano.

–Max, te deseo.

–Y me tendrás en cuanto hagas una cosa más por mí –le dijo, acariciándola.

–¿Qué? –ella se puso tensa y le hundió las uñas en la espalda al tiempo que una avalancha de gozo arrollador la inundaba por dentro; un orgasmo como nunca había experimentado.

–Eso era lo que estaba esperando –susurró él contra su mejilla cuando dejó de temblar.

Dana le quitó el bañador con impaciencia, agarró su potencia masculina con ambas manos y empezó a acariciarlo arriba y abajo, lenta y suavemente.

Max abrió el paquete de condones de un mordisco. Ella trató de quitárselo de las manos, pero él no la dejó y se puso la protección con manos temblorosas. Segundos después la hizo tumbarse en la cama, debajo de él.

Al tiempo que tomaba sus labios lenta y suavemente, entró en su sexo cálido y húmedo. Un hambre insaciable dominaba la consciencia y los sentidos de Dana, y los gemidos de placer brotaban de su pecho una y otra vez.

El instinto dominaba su esencia racional y aceleraba sus poderosas embestidas, enfrascándole en una guerra, en una batalla de seducción que ella estaba dispuesta a luchar, acoplándose al ritmo de su miembro viril. Contenerse ya no era posible para Max y el impulso animal amenazaba con apoderarse de él en cualquier momento.

La agarró de las caderas y empezó a apretarle los glúteos siguiendo la cadencia de la lucha del amor.

–Me… Me gusta –susurró ella.

Aquellas palabras rotas le hicieron seguir adelante, sacudiéndola adelante y atrás hasta sentir los arañazos de sus frenéticas uñas por todo el cuerpo.

De repente Max se dio cuenta de que había cruzado la línea, el punto de inflexión. Empujaba cada vez con más desesperación, más adentro, más rápido…

Un orgasmo de dimensiones épicas retumbó por todo el cuerpo de Dana y los músculos de su sexo le agarraron con fuerza, lanzándole por el precipicio del éxtasis, arrojándole a un océano de gozo que jamás había conocido.

Los pulmones le ardían, los músculos le temblaban con violencia… Y entonces se desplomó sobre ella.

Unos momentos después se incorporó y la miró a los ojos. Un atisbo de sonrisa asomaba en sus labios dulces.

Rápidamente se apartó de ella y se tumbó a un lado.

Los finales felices ocurrían en las películas, pero no tenían lugar en su vida.

Capítulo Seis

Dana no podía dejar de sonreír.

Yacía en la cama, boca arriba y con los ojos cerrados, aguantando las ganas de esbozar una sonrisa tonta. Max estaba a su lado. Podía oírle respirar, sentir su cuerpo cálido junto a ella y su aroma inconfundible. Respiró profundamente.

En realidad podía oler el aroma de los dos, el aroma de un tórrido encuentro apasionado. Sintió aún más ganas de sonreír.

Hacer el amor con él había superado todas sus fantasías y expectativas. No podría haber pedido más. Estaba tan feliz de que por fin hubieran dado ese paso, que ni siquiera se preguntó qué lo había precipitado.

El colchón se movió y ella abrió los ojos justo a tiempo para verle levantarse de la cama. Sus anchos hombros, su trasero duro, sus piernas musculosas y bien torneadas… Todo en él era perfecto.

Recogió su traje de baño y entró en el cuarto de baño sin mirar atrás.

Dana notaba que algo no estaba bien, pero

en ese momento lo achacaba a la vergüenza de estar con una nueva pareja.

Se levantó de la cama, recogió el biquini y trató de pensar qué hacer a continuación. ¿Debía ponerse el traje de baño de nuevo? ¿Vestirse? ¿Volverse a meter en la cama? Todavía no se había decidido cuando Max regresó con el traje de baño puesto.

La miró de arriba abajo, se detuvo en sus pechos un instante y por fin la miró a la cara. Había pasión en sus dilatadas pupilas, pero también había precaución.

Dana apretó el biquini en las manos. Una repentina e inesperada oleada de inseguridad la hacía sentir el impulso de cubrirse. Él había salido con algunas de las mujeres más hermosas del mundo, y ella jamás podría estar a la altura. No estaba tan flaca ni tampoco era tan rubia como ellas.

—Voy a nadar un poco y a comer algo antes de volver al trabajo. ¿Hago suficiente para los dos?

Ella parpadeó, sorprendida. Max la había llevado a muchos restaurantes para las comidas de trabajo, pero nunca le había llevado nada de comer del bar de Hudson Pictures, por no hablar de prepararle algo de comer con sus propias manos. Sólo tenía que calentar lo que había dejado el cocinero, pero Dana se sentía atendida de todas formas.

–Puedo preparar la comida –le dijo ella, pensando que lo único que quería hacer era seguir acurrucada a su lado. Pero en realidad no tenían tiempo para eso.

–Yo me ocupo. Date una ducha o… lo que sea que hacen las mujeres después de… el sexo.

Ella le habría llamado «hacer el amor», pero Max era un hombre al que nunca le habían gustado los compromisos.

–A lo mejor me reúno contigo en la piscina, y así después podríamos preparar la comida juntos.

–Voy a nadar un poco –dio media vuelta y salió por la puerta del patio.

Confusa, Dana le vio marcharse. ¿Acaso se arrepentía de lo que había pasado?

¿Cómo podía arrepentirse de lo que había sido uno de los mejores momentos de su vida para ella?

¿Y adónde los llevaba todo aquello?

Para ella las cosas habían cambiado. Ya no quería huir de Max, ya no quería ganar la apuesta. Quería ganarse su corazón.

El zumbido del equipo electrónico era el único sonido que perturbaba el silencio de la habitación.

Dana estaba sentaba frente a su escritorio

en el despacho de la casa de Max, tratando de concentrarse en el trabajo, pero su mente se empeñaba en jugarle malas pasadas. No era tan estúpida como para querer engañarse a sí misma pensando que Max estaba enamorado de ella. Sin embargo, la fría actitud que le había demostrado durante la comida era difícil de encajar después de lo que habían compartido. Ya no había sonrisas, ni caricias, ni miradas furtivas que prometían el cielo en la Tierra.

Pero él la deseaba. Dana sabía distinguir a los buenos actores, y Max no había fingido la pasión con la que le había hecho el amor.

Sin embargo, ese silencio opresivo…

La silla de Max chirrió al tiempo que él se volvía hacia ella.

—¿Cómo está quedando?

—Está quedando bien —dijo Dana, algo decepcionada. No esperaba una pregunta de trabajo.

Él giró en la silla y entonces se detuvo.

—Mi familia tiene una cena esta noche. Me gustaría que vinieras conmigo.

Una avalancha de felicidad llenó el pecho de Dana.

—A mí también me gustaría ir.

—Nos vamos a las siete.

Ella miró el reloj. Tenían menos de una hora para prepararse.

Y entonces fue cuando se dio cuenta de que

no estaba preparada para presentarse en la mansión Hudson como la acompañante de Max.

—No he traído nada apropiado para salir por la noche. Tengo que ir a mi casa a cambiarme.

—Entonces, termina eso y vete. Te recojo en una hora —su tono neutral carecía de entusiasmo alguno y, una vez más, Dana sintió que algo no iba bien.

Sin embargo, ahuyentó rápidamente esos pensamientos. Habían hecho el amor y él iba a llevarla a su casa a una cena familiar.

Y la iba a recoger en su casa, como en una cita de verdad. Su primera cita.

¿Qué más podía pedir?

A Dana se le humedecieron las palmas de las manos y se le aceleró el pulso al tiempo que Max detenía el coche delante de la mansión. Había estado allí en varias ocasiones, pero siempre por cuestiones relacionadas con el trabajo, o para visitar a Lillian.

Esa noche, en cambio, era diferente. Su papel había cambiado.

«¿De verdad ha cambiado?», se preguntó.

Era difícil de saber a juzgar por la actitud de Max. No la había tomado en sus brazos, ni la había besado al ir a su casa a recogerla, y se comportaba como si nada hubiera ocurrido esa tarde.

Dana hizo un esfuerzo por olvidar sus temores y levantó la vista hacia la mansión Hudson, un caserón de estilo afrancesado que Charles había construido para Lillian en Loma Vista Drive, Beverly Hills.

Esa casa nunca dejaba de impresionarla. La fachada de piedra gris con adornos de hierro forjado superaba cualquier fantasía romántica de las más soñadoras. Emplazada en una propiedad de miles de hectáreas, contaba con dos piscinas, cuatro canchas de tenis, establos, un enorme garaje para los coches, una casa para invitados… Aquel lugar era un castillo de cuento de hadas y Dana jamás se hubiera imaginado viviendo entre tanta opulencia.

Charles y Lillian habían llenado el lugar de antigüedades adquiridas en sus numerosos viajes por todo el mundo, pero la casa no se parecía en nada a un museo y Dana siempre se había sentido muy cómoda allí.

Max rodeó el capó del coche para abrirle la puerta. Le ofreció la mano para ayudarla a bajar y ella aceptó su ayuda con alegría, aliviada ante el aparente cambio de actitud.

¿Qué iba a pensar su familia al verle con ella?

Dana bajó del coche, respiró hondo y apretó la mano de Max.

–Gracias por haberme invitado esta noche –le dijo, acercándose a él.

Max la miró fijamente durante un instante y entonces la soltó bruscamente, sin siquiera darle un beso.

—De nada.

Dana apuró el paso para no quedarse rezagada a su lado y le siguió hasta la puerta principal. ¿Por qué no la había besado?

—No puedo imaginarme cómo habrá sido crecer aquí. Es muy distinto al lugar donde yo crecí.

—Te acostumbras.

Ella se rió.

—No lo creo. Por lo que me dijo Lillian cuando me enseñó la casa, tiene cincuenta y cinco habitaciones. La mía tenía sólo cinco. Creo que hay una buena diferencia.

Max abrió la puerta de entrada y la invitó a entrar delante de él.

Dana dio un paso adelante y se encontró en el flamante recibidor con sus suelos de mármol, una doble escalinata y un puntal vertiginoso.

—¿Quién vendrá a la cena? —le preguntó, esperando que no se notara el temblor que le quebraba la voz.

Él se encogió de hombros.

—Probablemente todos excepto Luc, que está en Montana. Gwen está a punto de dar a luz y no puede viajar.

—Hudson Pictures lo echará mucho de menos como director de relaciones públicas, pero lo de retirarse para formar una familia en un rancho también tiene su atractivo.

Él la miró fijamente.

—¿Quieres irte de Los Ángeles?

Ella sacudió la cabeza.

—Oh, no. Me encanta el ajetreo de la ciudad, pero crecí en una ciudad pequeña y comprendo cuáles son los atractivos de una forma de vida más sosegada.

Alguien se acercó a ellos.

Era Hannah, el ama de llaves de los Hudson; una señora de unos sesenta y tantos que llevaba toda la vida con la familia. Sus ojos almendrados brillaban con efusividad.

—Buenas noches, señor Max, señorita Dana. La familia está en el salón principal.

—¿El salón? —preguntó Max, sorprendido.

—Parece que tenemos algo que celebrar hoy.

Dana sintió un cosquilleo de emoción en el vientre. ¿Acaso él iba a sorprenderla anunciando su nuevo noviazgo frente a toda la familia?

—¿Y de qué se trata? —preguntó Max, haciendo añicos sus ilusiones.

—No lo sé. Está muy guapa, señorita.

Dana sintió el rubor en las mejillas y se alisó el vestido con ambas manos. Había comprado tanto el vestido como los zapatos a precio de saldo en una liquidación del vestuario de unos estudios. Sólo así podía permitirse vestir de marca.

–Gracias, Hannah –dijo, deseando que hubiera sido Max quien le hubiera hecho el cumplido.

Aunque sí la había devorado con la mirada al ir a recogerla a su casa, no había dicho ni una sola palabra sobre su aspecto en toda la noche.

–¿Cómo está Lillian?

–Está bien, gracias por preguntar. Adelante, los están esperando.

Mientras caminaba hacia el salón Dana trató de hacer acopio de todo el valor que tenía. Se dijo a sí misma que conocía a esa gente y que ellos también la conocían a ella. Sin embargo, las mariposas que revoloteaban en su interior no pensaban lo mismo.

En cuanto cruzaron el umbral se hizo el silencio en la habitación y Dana se puso más nerviosa que nunca. ¿Cómo iba a explicar él aquella situación? Si tan sólo la hubiera tomado de la mano, todos habrían captado el mensaje, pero… ¿Cómo iban a reaccionar?

Un coro de voces les dio la bienvenida. Dana forzó una sonrisa y saludó con la mano a los invitados, pero entonces Max corrió al encuentro de su abuela Lillian, dejándola sola junto a la puerta.

La matriarca de los Hudson tenía buen aspecto teniendo en cuenta su edad y su estado de salud. Sus ojos azules tenían un brillo especial y su cabello cobrizo lucía un espléndido peinado. Su enfermera personal estaba junto a ella.

Dana sintió una punzada de tristeza. La enfermedad de Lillian los había golpeado a todos y, aunque tuvieran tiempo para hacerse a la idea, no por ello sería menos duro.

Max se arrodilló a su lado, le dio un beso en la mejilla y la agarró de las manos con delicadeza. Le hablaba en un tono tan bajo que Dana apenas podía oírle, pero la dulzura y el cariño que le demostraba a la anciana llegó al corazón de la joven.

Sin saber qué hacer, trató de decidir si debía unirse a Max, interrumpiendo así ese momento privado en compañía de su abuela, o si por el contrario debía sumarse a la conversación de otro grupo.

Aún seguía titubeando cuando Markus y Sabrina, los padres de Max, se dirigieron hacia ella.

Sabrina, siempre tan elegante con un traje de firma, le dio un efusivo abrazo y un beso en la mejilla.

—Me alegro de que hayas venido, Dana.

—Y yo les agradezco que me hayan invitado.

Markus tomó su mano y le dio un apretón cariñoso. Parecía que esa noche estaba de buen humor.

—Es lo menos que podemos hacer teniendo

en cuenta que nuestro hijo está trabajando contrarreloj.

La sonrisa de Dana perdió fuerza. Max no podía haberles dicho nada. ¿Qué iba a decirles? ¿Que se había acostado con ella y que había decidido invitarla a la cena unas horas después?

–Estoy muy contenta con mi nuevo cargo y Max me está enseñando muchas cosas.

–¿Quieres algo de beber? –le preguntó Markus.

Ella miró a su alrededor.

Todo el mundo parecía tener una copa en la mano.

–Una copa de vino blanco. Gracias.

–¿Dulce o seco?

Dana arrugó la nariz. Ella no era una experta en vinos precisamente. Sólo sabía lo que había aprendido durante un tour enológico por Napa Valley.

–Cuanto más dulce, mejor –dijo finalmente.

–Tengo algo que te gustará.

Markus las dejó solas y entonces Sabrina la tomó de la mano y la condujo hacia el hermano de Max, Devlin. A su lado había una esbelta mujer morena.

–Dana, ¿tuviste oportunidad de conocer a Valerie Shelton, la prometida de Dev, en Francia?

–Sí, pero sólo coincidimos un momento. Me alegro de verte de nuevo, Valerie –Dana le estrechó la mano.

Valerie tenía más o menos la misma edad que ella, pero parecía mucho más reservada. Resultaba difícil entender cómo la tímida Valerie podía sentirse atraída por el cínico Dev Hudson. Él era tan apuesto y rico como el resto de los Hudson, pero también era pretencioso y altivo.

–Yo también me alegro de verte –dijo Valerie, ofreciéndole una cohibida sonrisa–. He oído que te han dado un ascenso después de tu regreso.

Sabrina asintió.

–Dana es la productora asociada de *Honor*.

–Suena muy emocionante –dijo Valerie, mirando a Dev.

La adoración que relampagueaba en sus ojos de color violeta hizo contener la respiración a Dana.

Sólo podía esperar que sus sentimientos hacia Max no fueran tan obvios como los de la joven que tenía frente a ella.

Devlin, por su parte, no parecía enterarse de nada, y sus gélidos ojos azules no se apartaban de Dana. ¿Acaso estaba preocupado también por su encuentro con Doug?

–Es el trabajo de mis sueños, pero también tengo que trabajar duro –dijo Dana, volviéndose hacia Valerie–. No queremos decepcionar a Lillian.

Markus volvió junto a ellos con una copa que contenía un líquido dorado y pálido.

–Prueba esto, Dana. Es un Riesling alemán, de la cosecha de 2006.

Ella aceptó la bebida y cumplió con el protocolo de cata tal y como le habían enseñado antes de probarlo; olisqueando y saboreando el vino sobre la lengua antes de tragarlo.

–Está delicioso. Suave y afrutado. Gracias.

–Excelente. Cuando te la acabes, avísame.

De pronto sintió una mano en el hombro.

Bella, la hermana pequeña de Max, estaba a su lado. Tenía los mismos ojos azules que su hermano y era tan pelirroja como su abuela.

–Parece que Max todavía no ha conseguido que te tires de los pelos.

–Todavía no –dijo Dana, mirándole desde lejos.

Él estaba en el otro extremo de la habitación, charlando con Jack y con David, que era su tío y padre de Jack, además de ser el director de la película.

No quería darle demasiada importancia, pero no podía evitar sentirse rechazada, olvidada como un viejo juguete. Esa noche había esperado estar a su lado, y no en la otra punta del salón.

Dana volvió su atención hacia Bella. Durante años su relación con ella había sido superficial y profesional, pero durante su estancia en Francia habían llegado a congeniar muy bien. Además de ser muy hermosa, Bella era luchadora y divertida... siempre y cuando no cayera en los brazos de algún compañero de reparto.

Dana buscó al nuevo amor de la estrella entre la multitud. Bella había hecho el papel de Lillian en *Honor*, y Ridley Sinclair, la rutilante estrella Hollywoodiense que interpretaba a Charles, se había convertido en su nuevo capricho. A Dana no le entusiasmaba mucho esa relación entre ellos. Bella se merecía a un hombre que no fuera tan engreído y egocéntrico como el tal Sinclair.

Sin embargo, el romance aún seguía ardiendo con fuerza.

—¿No ha venido Ridley?

—No, está haciendo... Lo que sea —dijo Bella, agitando la mano como si no le importara.

Pero Dana sabía que no era verdad.

Markus le dio una palmadita en el hombro a su hermana.

—Os dejaré un rato para que charléis, señoritas —dijo, y fue al encuentro de su esposa.

Bella agarró a Dana del brazo.

—Valerie y Dev, disculpadnos un momento, por favor. Dana, ¿recuerdas a Cece, la esposa del primo Jack?

—Sí, claro. Max trabajó mucho con Cece para

pulir el guión –dijo, dejándose llevar hacia Jack y Cece, que estaban en compañía de Max.

En ese momento lo único que deseaba era que su rostro no la delatara tanto como la expresión enamorada de Valerie Shelton.

Cece era una morena guapa y pequeña, y una guionista excepcional. Era evidente que estaba muy enamorada de su marido.

–Ya están hablando de trabajo de nuevo –dijo, al ver acercarse a Dana y a Bella–. ¿Es que Lillian no lo prohibió esta noche?

–¡Sí! –gritó Lillian desde la otra punta de la estancia, guiñándoles un ojo. Le hizo señas a Dana para que fuera a su lado.

–Discúlpenme –dijo Dana, yendo hacia ella.

Lillian le apretó la mano con cariño.

–Ya veo que has hecho muchos progresos.

Dana retrocedió un poco.

–¿Disculpe?

–Mi nieto no dejaba de observarte mientras hablaba conmigo.

El corazón de Dana se detuvo un instante. Se giró un poco y miró hacia Max, pero Lillian le tiró de la mano.

–No mires, cariño. Nunca desveles todos tus secretos. Así le das demasiado poder a un hombre.

–¿Max me estaba observando? –susurró Dana.

Lillian asintió.

Dana sintió un repentino calor en los pómulos.

—Pasamos mucho tiempo juntos. Trabajando —añadió rápidamente.

Lillian siempre había sabido que ella estaba enamorada de su nieto, pero también le había advertido que su amor por Karen era demasiado intenso y profundo, y que su pérdida lo había roto en mil pedazos.

A lo mejor Max no volvía a ser capaz de amar con tanta pasión otra vez…

—Claro, cariño. Me alegro de que por fin te haya dado la oportunidad de perseguir tus sueños, y también de que te haya traído esta noche. Sigue trabajando como siempre lo haces. Y recuerda, Dana: por las mejores cosas de la vida siempre merece la pena esperar.

—Sí, señora. Trataré de no olvidarlo.

—Cuídalo bien.

Dana sintió un nudo en el estómago.

—Ya sabe que haré todo lo que pueda siempre que siga a su lado.

Lillian la acompañó de vuelta al lado de Max. Dana se moría por tomarle de la mano, pero no sabía si el gesto sería apropiado.

—¿Y dónde está el pequeño?

Cece y Jack sonrieron.

—Dejamos a Theo en casa —dijo Cece, sacudiendo la cabeza.

Jack se había enterado de que tenía un hijo

al buscar a Cece para que escribiera el guión de *Honor.*

—Es demasiado tarde para él –añadió Cece.

—Bien pensado –dijo Dana.

Theo era un niño encantador con el cabello negro y los ojos tan azules como su padre.

—Si necesitas una canguro, dímelo –añadió Dana.

Cece sonrió con picardía.

—No me lo digas dos veces. Tengo tu número.

—¿Entonces todo está listo para la fiesta del sesenta aniversario y para el preestreno?

Jack asintió.

—Mi gente lo tiene todo controlado –dijo.

Bella miró a Dana.

—Me muero por ver los primeros planos. Espero que Lillian esté orgullosa de mí. Quiero decir que he visto las tomas diarias, pero...

Dana la tocó en el brazo.

—Bella, por lo que he visto hasta ahora, no tienes nada de qué preocuparte. Y cuando Max obre su magia...

Bella le dio un abrazo rápido.

—Las tres, Cece, tú y yo, tenemos que irnos de compras un día de éstos. Oh, y quizá deberíamos incluir a Valerie. Quiero un vestido de infarto para la ocasión.

David, que pululaba alrededor del grupo, entornó los ojos.

–Compras. Ése es un tema que ahuyenta a cualquier hombre –se disculpó y fue junto a su madre.

Max siguió a David con la vista y entonces se volvió hacia Jack.

–¿Todo el mundo se está comportando bien esta noche?

–Sí. Tu padre y el mío están guardando las formas.

David Hudson no se llevaba muy bien con su hermano mayor y su esposa. Había una tensión entre ellos que Dana no atinaba a entender a pesar de las muchas veces que Max había trabajado con su tío.

Max miró hacia a su alrededor y observó a los invitados.

–Hannah dijo que había algo que celebrar. ¿Alguien sabe de qué se trata?

Jack sacudió la cabeza.

–Ni idea. Ni Cece ni yo sabemos nada. ¿Y tú?

Dana se puso tensa y contuvo la respiración, pero entonces Max sacudió la cabeza.

–No –dijo.

Dev se les unió unos momentos después. Valerie iba detrás de él.

El hermano mayor de Max dio unos golpecitos en el cristal de su copa con unas llaves para llamar la atención de los asistentes.

–Por favor, un poco de atención –esperó a

que se hiciera el silencio–. Valerie y yo nos casamos ayer.

Suspiros y murmullos inundaron la estancia y Sabrina y Markus fueron hacia su hijo. Sabrina les dio un abrazo, primero a su hijo y después a su nuera, y Markus le estrechó la mano a su hijo y abrazó a Valerie.

–Valerie, cariño, bienvenida a la familia –dijo Sabrina y entonces se volvió hacia su hijo Devlin con lágrimas en los ojos–. Me gustaría que me hubieras dejado prepararte la boda. Tu padre y yo habríamos disfrutado mucho compartiendo un momento tan especial.

Dev se encogió de hombros.

–No queríamos tanta parafernalia.

–Habría estado bien poder celebrar la boda aquí –añadió Lillian.

–Oh, eso habría sido fantástico –dijo Valerie rápidamente, pero entonces pareció arrepentirse de sus palabras–. Pero Dev y yo no podíamos esperar.

–¿Estás embarazada? –preguntó Bella sin ningún tacto.

Valerie se sonrojó y bajó la vista.

–Oh, no. No es eso.

Un embarazoso silencio se cernió sobre la estancia. Dana dio un paso adelante y le dio un abrazo a Valerie.

–Enhorabuena. A lo mejor debería prepararte una despedida de soltera con retraso.

Los ojos de Valerie se llenaron de gratitud.

–Eso estaría bien, Dana. Aunque creo que no necesitamos regalos de boda. Dev me ha dicho que le gustaría vivir aquí, en su apartamento.

–Todas las mujeres necesitan regalos. Lencería sexy, por ejemplo –dijo Bella con una sonrisa maliciosa que hizo sonrojar aún más a Valerie.

–Te llamo la próxima semana y concretamos los detalles –Dana se hizo a un lado y dejó que otros la felicitaran.

Miró a Max. Los ojos de él la atravesaban con una expresión ceñuda. ¿En qué estaba pensando? A juzgar por la cara que tenía, no parecía tener el menor interés en seguir los pasos de su hermano hacia el altar.

Pero ella tenía que hacer algo para hacerle cambiar de opinión, porque no había nada en el mundo que deseara tanto como casarse con él en la mansión de Hudson Manor y así empezar el resto de su vida de cuento de hadas.

Capítulo Siete

–¿Cómo lo sabías? –le preguntó Max a Devlin después de la cena.

Los hombres habían salido al patio para fumar y las mujeres se habían quedado dentro charlando acerca de la gala del sesenta aniversario.

–¿Saber qué?

Max miró hacia el interior de la casa y después observó a su padre y a su tío, que parecían estar manteniendo una acalorada discusión. Jack estaba junto a ellos, haciendo de mediador.

–¿Cómo supiste que Valerie era la mujer adecuada?

Dev le dio una profunda calada al puro, como si fuera a encontrar la respuesta en el humo que dibujaba caprichosas formas en el aire.

–Supongo que no esperas nada sensiblero y romántico, ¿verdad?

Max jamás habría esperado nada parecido de su hermano, el cínico incorregible que creía que las mujeres habían sido puestas en la Tierra para procrear y entretener.

–Sólo quiero una respuesta. ¿Por qué Valerie? ¿Y por qué ahora?

–Tengo treinta y cinco años. Ya es hora de sentar la cabeza. Valerie está muy bien relacionada. Su padre es un magnate de la prensa y eso podría jugar a favor de Hudson Pictures cuando necesitemos publicidad en el futuro. Ella y yo nos compenetramos bien. Además, sé que no me agobiará con sus reproches y opiniones.

Como solía hacer Karen. Su hermano no lo había dicho en alto, pero no hacía falta. La difunta esposa de Max solía tener opinión para todo, pero, al contrario que su hermano, a Max siempre le había gustado su carácter. No obstante, su sinceridad le había acarreado algunas disputas y fricciones.

Dana, por suerte, era mucho más diplomática.

Pero no tenía por qué compararlas, y mucho menos con al aniversario de la muerte de Karen a la vuelta de la esquina.

Buscó a Dana con la mirada al otro lado de la puerta. Esa noche estaba radiante. Al verla salir de su casa vestida así, había estado a punto de caerse de bruces. Su asistente personal había pasado de llevar una recatada vestimenta a ponerse un vestido de lo más sugerente y ceñido.

El top del traje le subía los pechos y mostra-

116

ba suficiente escote como para hacerle perder la cabeza, de nuevo.

Pero él no estaba dispuesto a sucumbir otra vez. Jamás volvería a flaquear ante los encantos de una mujer.

Un hombre cabal y racional no se dejaba llevar por las debilidades del instinto y la pasión.

Se volvió hacia su hermano y centró su atención en asuntos más mundanos.

—Si hubieras hecho un espectáculo de la boda, en lugar de casarte en secreto, le habrías hecho una gran promoción a *Honor*. «Romance en el set de rodaje», o algún otro titular mejor. A la prensa le habría encantado. Sabes que desaprovechaste una oportunidad.

Dev se encogió de hombros.

—Lo sé. Pero Valerie es hija única. Ya sabes toda lo que conlleva una boda tradicional. Meses de preparativos, decisiones estúpidas y triviales… Ya sabes cómo es el tema. Tú pasaste por ello.

Max lo sabía muy bien. Karen también era hija única y les había llevado más de un año preparar la boda. Había habido momentos en los que había deseado olvidarse de todo y fugarse con su prometida.

—Además… —continuó diciendo Dev—. No quería tener que vérmelas con los paparazzi, y ahora no tenemos tiempo para poner en marcha la maquinaria mediática que conlleva una boda en Hollywood.

–Desde luego que no.

–Preferí cerrar el trato lo antes posible.

–¿Y eso es todo? ¿Conveniencia? ¿No estabas consumido por la pasión?

Dev soltó una bocanada de humo repentinamente.

–¿Es que no recuerdas con quién estás hablando?

Max sintió una extraña sensación. A pesar de conocer muy bien a su hermano mayor, por algún incomprensible motivo, había esperado más de él.

–¿La amas?

–Como si a ti te hubiera ido tan bien con el amor –dijo Dev sin pensar, pero enseguida se arrepintió de sus palabras–. Lo siento. Eso ha sido un golpe bajo.

El amor sí que le había funcionado, al menos durante un tiempo.

–Olvídalo. Por lo menos habrás firmado un contrato prematrimonial para que ella no te deje con lo puesto.

–¿Qué? ¿Crees que soy idiota?

–No. Sólo intento cuidar del patrimonio familiar.

–¿Y tú qué has averiguado acerca de Dana y Lewis mientras cuidas del patrimonio familiar?

–Todavía nada. Estoy en ello.

–¿No hay ningún progreso?

Max no estaba dispuesto a compartir su estrategia de ataque con su hermano.

–Algo.

–Entonces, cuéntame de una vez qué has averiguado.

–Tan pronto como lo sepa –dijo, pensando que tenía que sacarle algo de información a su asistente personal.

–El anuncio de la boda fue toda una sorpresa –comentó Dana, en el coche, de camino a casa.

Max mantenía la vista al frente.

–Sí.

–¿Tú lo sabías? ¿Dev te comentó algo cuando comiste con él?

–No.

La oyó suspirar y moverse en el asiento. Su aroma y el ruido sutil de sus movimientos parecían amplificarse en el silencioso habitáculo del coche.

–¿Pero no se da cuenta de que perdió una oportunidad de publicidad gratis? Podríamos haber estado en los medios sin pagar ni un céntimo. Páginas web, revistas, programas de televisión…

Max pensó que eso era lo que más le gustaba de Dana. Pensaba como él y sus actos estaban guiados por la lógica, no por la emoción. Karen, en cambio, era totalmente opuesta a ella…

Rápidamente apartó esos pensamientos. Tenía que dejar de compararlas. Lo de Karen había sido para siempre, pero a Dana sólo le podía ofrecer el presente.

–Él conocía esa opción, pero eligió no utilizarla.

–Todavía podríamos utilizarla para hacer un poco de ruido. Podría ser nuestra oportunidad de promocionar *Honor* por encima de la película de Willow, en caso de que no averigüemos de qué trata.

Max no pudo sino reconocer que ella tenía razón. La sugerencia era demasiado buena como para ignorarla.

–Le diré a Dev que hable con el departamento de relaciones públicas. ¿Qué sabes de la película de Willow?

Max la vio mirarle de reojo gracias a la luz de los faros de un coche que se acercaba en dirección contraria.

–Podrías haberme preguntado eso la otra noche en vez de acusarme de filtrar información.

Dana no había pasado por alto el cambio de tema. En realidad, nunca lo hacía. Ella siempre había sido capaz de seguir la enmarañada evolución de sus pensamientos y, además, tenía razón. Él podría haber preguntado, pero el verla con Lewis en esa actitud tan cariñosa había levantado todas sus sospechas de traición.

–Lo siento, tienes razón. Debería habértelo preguntado.

–Doug me dijo que la película de Willow es romántica. No ha trabajado directamente en el proyecto y no ha leído el guión, pero por lo que ha oído, hay algunas similitudes con *Honor*. Estoy trabajando en… –Dana se detuvo abruptamente y volvió la vista hacia la ventanilla.

–¿En qué?

–Nada –respondió a toda prisa–. Si averiguo algo más, te lo haré saber.

Dana le estaba ocultando algo y él quería saber de qué se trataba y por qué se negaba a decírselo.

–¿Cuándo vuelves a ver a Lewis?

Dana guardó silencio unos segundos.

–No lo sé. Está en un rodaje.

–Pero tienes pensado verlo cuando regrese –dijo Max, pensando que la idea le gustaba menos que nunca.

–Sí, Max. Voy a verlo. Y tú tendrás que confiar en mí. Si no puedes hacerlo, entonces despídeme.

Confiar en ella…

Había confiado en ella durante cinco años, pero ya no resultaba tan fácil hacerlo. Era más que probable que Hudson Pictures tuviera una filtración de información y todas las sospechas apuntaban a Dana como la fuente. Ella tenía acceso a los datos, oportunidades y conexiones.

¿Pero acaso tenía motivos para hacerlo?

En cualquier caso, de ser así, todavía no había sido capaz de averiguar de qué se trataba y, hasta que no lo supiera con seguridad, no podía permitirse el lujo de darle algo que pudiera utilizar en su contra.

Al entrar en la casa, Dana se llevó una gran sorpresa al sentir sus caricias en el cabello. Era casi medianoche y la casa estaba a oscuras.

De repente, sintió un tirón en el pelo que la hizo detenerse en seco.

–¿Max? –le dijo, conteniendo la respiración.

Oyó el clic de la puerta al cerrarse y entonces él empezó a tirar de ella hacia atrás, haciéndole un poquito de daño, pero sólo un poquito. Jamás habría pensado que un gesto tan violento pudiera hacerla sentir tanta excitación, pero su cuerpo reaccionaba de una forma insospechada. Sentía un incesante cosquilleo en la piel y el pulso y la respiración se le aceleraban por momentos.

Sin embargo, Max no se detuvo hasta tenerla acorralada contra su cuerpo. Su poderoso pectoral y sus muslos la envolvían en un calor intenso y espeso. Su aliento le enrojecía las mejillas y su barba de medio día le arañaba la piel.

—Quítate la ropa.

Un relámpago de deseo la golpeó en las entrañas.

—¿Aquí? ¿Por qué?

—Vamos a darnos un baño bajo la luna.

—Mi… Mi biquini está…

—No lo necesitarás —le dijo él, deslizando una mano a lo largo de su cadera y ascendiendo hasta su pecho.

Puso los dedos sobre uno de sus pezones y lo hizo endurecer de inmediato.

—¿Nunca te has bañado desnuda?

Dana apenas podía pensar con el torbellino de deseo que rugía en su cabeza.

—Eh… no. ¿Y qué pasa con los vecinos?

—No encenderemos las luces —le soltó el cabello, puso la otra mano sobre su otro pecho y empezó a masajearla con manos expertas, que no la dejaban pensar con claridad.

Le dio un suave empujón para llevarla hacia el recibidor.

—Desnúdate para mí, Dana.

Los rayos de luna se filtraban por las altas ventanas, derramándose sobre el suelo, sobre ella, como en un escenario.

Max estaba en las sombras.

–¿Alguna vez te has desnudado para un hombre? –le preguntó al verla titubear.

El corazón de Dana se aceleró hasta hacerle un nudo en la garganta.

–No. No… de esta manera.

–Empieza con ese vestido negro tan sexy. Quítatelo.

La adrenalina la golpeó como una ola en medio de una tormenta. La cabeza le daba vueltas y el nerviosismo la tenía agarrotada. El bolso se le cayó al suelo y se agachó para recogerlo.

–Déjalo, y desnúdate para mí.

Pero ella no estaba lista para hacer lo que le pedía.

–Tú primero.

Max se rió a carcajadas, sensual y oscuro. Ella nunca le había oído reírse así, pero esa risa le resultaba más atractiva que nunca. Aquellas carcajadas rebotaban sobre su piel y la hacían estremecerse.

Max dio un paso hacia adelante y la tenue luz incidió sobre la silueta de su cuerpo, pero no en su rostro, que aún quedaba en penumbra. Se quitó la chaqueta, la dejó encima de una silla y después se aflojó la corbata, arrojándola a un lado con un gesto ágil.

–¿Sigo?

Dana jamás le había imaginado tan juguetón.

—Por favor —dijo, humedeciéndose los labios.

Él se soltó los puños de la camisa. Dejó los gemelos sobre el aparador y después el reloj. El ruido del metal contra la madera del mueble resonó en el alto puntal del techo.

Lentamente empezó a desabrocharse la camisa, revelando un pectoral bronceado y bien torneado. Se la quitó, llevó las manos al cinturón y entonces se detuvo súbitamente.

—Ahora te toca a ti.

Dana apartó la vista de sus tentadores abdominales. ¿Cómo era posible que un hombre con ese aspecto trabajara detrás de la cámara en vez de delante de ella? Todas las mujeres habrían perdido la cabeza por él.

—Yo… Yo… —Dana no sabía qué decir. Se sentía muy excitada, pero también fuera de lugar.

Se llevó las manos a la espalda para bajarse la cremallera. El cierre cedió unos centímetros, pero entonces se paró y, aunque intentó invertir el movimiento, fue inútil. Estaba bloqueada.

—Está atascada —le dijo.

—Date la vuelta —dijo él, entrando en el charco de luz y dejándola ver su rostro ciego de pasión.

Le puso las manos sobre los hombros, descendió hasta sus muñecas y volvió a subir.

Le echó el cabello hacia delante por encima de los hombros y entonces Dana sintió un pequeño mordisco en la piel que la hizo temblar.

Un momento después Max comenzó a manipular la cremallera hasta que por fin el cierre cedió. Sus manos, calientes y fuertes, se deslizaron por dentro del tejido hasta rodearle la cintura, y así la sujetó con fuerza mientras la colmaba de besos a lo largo de los hombros y detrás de las orejas.

–Date la vuelta y quítate el vestido –le susurró al oído.

Dana obedeció y, cuando por fin se volvió, él había desaparecido entre las sombras de la habitación.

Lentamente ella cruzó las manos a la altura de la cintura y se bajó un tirante. El lado izquierdo del vestido se le cayó hasta el codo.

En la penumbra de la habitación le oyó suspirar y eso le dio ánimos para seguir adelante. Se bajó el tirante derecho y continuó sujetándose el vestido con las manos cruzadas. Debajo sólo llevaba un sostén de encaje negro.

Se puso derecha y entonces, muy despacio, bajó los brazos. El traje cayó al suelo, dejándola en sujetador y braguitas, subida sobre unos tacones de aguja también de color negro.

Él soltó el aliento y dio un paso adelante, pero entonces se detuvo bruscamente. Sus ojos hambrientos la devoraban con la mirada, dándole un poder que ella jamás había experimentado.

Dana levantó una mano y se bajó un tirante del sujetador, y después el otro. Max la observaba sin pestañear. Abrió el cierre frontal y se quitó la prenda, dejándola caer al suelo.

Él la devoraba con la vista y el bulto de su entrepierna se hacía cada vez mayor.

Ella se humedeció los labios. Deslizó las manos sobre su propio cuerpo, pasó por la cintura y se detuvo al llegar a las caderas. Metió los dedos por dentro de la tira de las braguitas y se las bajó con un movimiento.

Max las siguió hasta el suelo con la mirada y Dana las apartó con la punta del pie, pero no se quitó los zapatos.

Cuando sus miradas volvieron a encontrarse, ella sintió que le fallaban las rodillas al ver la pasión primitiva que rugía en sus pupilas azules. De pronto él se aflojó el cinturón y se desabrochó los pantalones. Se quitó los zapatos y se bajó los pantalones y los calzoncillos de un golpe.

El tamaño de su erección describía el deseo que sentía mejor que mil palabras. Max Hudson la deseaba y eso era lo que ella había querido durante tantos años; eso era todo lo que importaba en ese momento.

Y al final conseguiría que la amara.

Max fue hacia ella.

—¿Tienes otro condón en el bolso? —le preguntó con impaciencia.

—Sí.

—Búscalo.

Ella se agachó para buscar la protección en el bolso y Max se arrodilló detrás. Se apoyó contra ella y la envolvió en un abrazo cálido y dulce. Su miembro erecto se deslizaba entre las piernas de ella, llegando hasta el centro de su feminidad.

Dana contuvo el aliento.

Él la agarró de la cintura y puso las piernas alrededor de sus caderas mientras se frotaba contra los húmedos pétalos de su sexo, humedeciéndose con el contacto.

Entonces se apartó y empezó a acariciarle los brazos, los hombros y la espalda.

—Eres bellísima, Dana —murmuró—. Y muy sensual.

A Dana se le encogió el corazón. Había esperado mucho tiempo para oír esas palabras. Le sonrió por encima del hombro y volvió la cabeza para acariciarle la barbilla.

—Gracias. Tú también.

Max la agarró del trasero y la puso en pie. Aún tenía su potente sexo entre las nalgas y él había empezado a masajearle los pechos con ambas manos.

—Saca el preservativo. Ahora.

Ella estaba tan nerviosa y las manos le temblaban tanto que apenas podía sostener el bolso, pero al final atinó a encontrar la protección y soltó el bolso enseguida.

Max la agarró de la cintura y tiró de ella hacia atrás con violencia, pegándole su sudoroso pectoral a la espalda.

—Al diablo con la piscina —le susurró y empezó a empujarla hacia la sombras.

—Max, no veo —le dijo ella, extendiendo las manos por delante para no darse contra la pared.

—Conozco el camino —le dijo, guiándola hacia delante.

Pero unos metros después se detuvo repentinamente y Dana sintió que sus uñas cortas le arañaban la espalda.

La agarró de las manos y le levantó los brazos.

—Agárrate.

Dana palpó lo que parecía el marco de una puerta con las palmas de las manos. ¿Dónde estaba? ¿Era la puerta que daba a su dormitorio?

—¿Max?

Él buscó su sexo desnudo y empezó a acariciarla en el punto más sensible de forma intermitente, haciéndola gemir de placer. Al principio ella pensaba que no sabía lo que hacía, pero entonces vio que lo hacía una y otra vez.

La llevaba al borde del abismo y entonces la hacía retroceder.

Dana respiraba de forma entrecortada y las piernas le temblaban.

—Agárrate —le dijo Max, quitándole el preservativo de la mano.

La sujetó de las caderas y la penetró desde atrás.

Dana contuvo un suspiro de sorpresa. La postura lo hacía llegar tan adentro que la dejaba sin aliento. Él se apoyó mejor y empujó más lejos, flexionando las rodillas y levantándose después para llenarla una y otra vez, sin parar…

Unos momentos después, Max ya casi estaba a punto de perder el control. Su respiración irregular, el temblor de su cuerpo, sus jadeos, el ritmo frenético de sus embestidas… Todo indicaba que estaba a punto de perder la razón por ella.

Empezó a masajear su sexo mientras la poseía una y otra vez, y apretó la mejilla contra la de ella.

—Déjate llevar, nena. Déjate llevar.

Aquella voz ronca la hizo temblar y la tensión se agarrotó en una bola que estalló en mil pedazos dentro de ella. Interminables olas de vapor la recorrieron de arriba abajo y entonces no pudo sino gritar y clavar las uñas en la madera del marco de la puerta. Tuvo que hacer un gran esfuerzo para no caer, pero las manos de él la sujetaban de las caderas con firmeza.

De repente, Max sofocó un gruñido animal y entonces se estremeció contra ella, una y otra vez, dejándose llevar por los temblores del éxtasis.

Dana trató de recuperar el aliento y el equilibrio y, una vez lo logró, sonrió.

Max había perdido el control por completo. Y con tanta pasión, el amor no podía andar muy lejos...

Max se despertó repentinamente. Algo no andaba bien. La cama... La luz que notaba aun con los ojos cerrados... Abrió los ojos y examinó la habitación.

La habitación de Dana.

Se volvió. Ella yacía acurrucada a su lado con una mano bajo la mejilla y la otra sobre su pecho. La esquina de la sábana apenas le tapaba el torso y su cabello negro caía en cascada sobre la almohada.

Una instintiva necesidad de escapar se apoderó de él. ¿Por qué se había quedado con ella esa noche?

Y entonces recordó cómo le había hecho el amor la noche anterior, de pie contra el umbral de la puerta. Un encuentro salvaje...

¿Por qué no había bastado con una vez para satisfacer su sed de ella, tal y como le ocurría con otras mujeres? Incluso en ese momento luchaba contra el impulso de apartar la sábana que la cubría y hacerla suya una vez más.

¿Por qué no había logrado tener sexo anónimo en la oscuridad?

Tenía su sabor en los labios y su aroma en la nariz.

¿Qué le había hecho la mujer que estaba a su lado?

Como no quería despertarla, se quitó su mano de encima suavemente y se arrastró hasta el borde de la cama.

–Te quiero –susurró Dana de pronto.

Él se quedó de piedra. Lo último que quería era el amor de una mujer, y mucho menos el de una traidora.

Se volvió y la miró por encima del hombro. Tenía los ojos cerrados, así que debía de estar soñando.

«¿Qué te ha hecho pensar que estaba hablando contigo?», se preguntó.

¿Pero con quién soñaba entonces?

Con Doug Lewis, sin duda alguna.

Si finalmente resultaba ser ella la fuente de la filtración, tendría que echarla. Sería un gran inconveniente tener que entrenar a alguien nuevo, pero él siempre salía adelante, incluso cuando no debía.

No obstante, un atisbo de duda todavía le pellizcaba la consciencia. ¿Y si estaba equivocado? ¿Y si Dana estaba enamorándose de él?

No podía dejar que eso ocurriera.

¿Pero cómo podía impedirlo?

No tenía más remedio que andarse con pies de plomo. Tenía que mantenerla cerca, pero no demasiado; alejarla, pero no mucho...

Sería capaz de soportarlo durante un par de meses y después todo volvería a la normalidad.

Y Dana se habría marchado para siempre.

Capítulo Ocho

Dana entró en la cocina sin saber muy bien qué se iba a encontrar después de una noche de sexo salvaje y el aroma a café recién hecho le dio una grata bienvenida.

¿Max le había preparado el café? Si era así, debía de ser una buena señal, pero la cocina estaba vacía.

Se sirvió una taza.

No eran ni las seis de la mañana.

¿Acaso estaba trabajando ya?

Algo llamó su atención fuera. Max nadaba en la piscina con brazadas expertas.

Una ola de excitación recorrió sus entrañas al recordar cómo habían nadado juntos la noche anterior.

En realidad, no habían nadado precisamente. Él la había sacado de la cama y la había hecho meterse en la piscina, desnuda. Después… había sido el paraíso.

Los pezones se le endurecieron con aquel recuerdo y entonces reparó en la escalera de caracol que estaba al final de la piscina. Él la había llevado allí y la había amado con sus labios, con sus manos húmedas y con su cuerpo rígido y viril.

Dana respiró hondo, abrió la puerta y cruzó el patio rumbo a la piscina. Se quitó las sandalias y se sentó al borde con los pies en el agua y el café en la mano.

Él se detuvo y se volvió hacia ella.

–Te has levantado pronto.

Ella se encogió de hombros.

–Y tú también.

–La costumbre.

–Gracias por el café.

–De nada –fue hacia ella–. Es hora de ponerse a trabajar.

Dana no supo qué decir ante un cambio tan abrupto de lo personal a lo profesional.

–Antes de que empecemos, sólo quería decirte que… Max, lo pasé muy bien anoche.

Sus pupilas azules se dilataron y entonces asintió con un gesto seco.

–Pero… No sé qué decirle a tu familia sobre nosotros.

Él se puso tenso.

–¿Y por qué habría que decirles algo?

Dana intentó ocultar la desazón que sentía.

–Por esto –señaló un mordisco que tenía en el cuello.

Él se había dejado llevar por la pasión hasta ese punto y Dana quería demostrárselo.

–Bella y Cece me hicieron muchas preguntas personales el otro día. Querían saber con quién estaba saliendo.

–¿Y qué les dijiste? –le preguntó él en un tono cauteloso.

–Me las arreglé para evadir la pregunta porque no quería mentir. ¿Qué vamos a decirles?

Él salió de la piscina y agarró una toalla.

–No es asunto suyo.

–Pero…

Ella quería que todos lo supieran; quería proclamarlo a los cuatro vientos.

Max respiró profundamente, apartó la vista un momento y después volvió a mirarla.

–Dana, revelar algo en este momento sería muy precipitado. No hay por qué alentar sus esperanzas si todavía no sabemos si las cosas van a funcionar.

Si las cosas no salían bien…

Ella estaba perdidamente enamorada de él, pero Max sólo parecía estar tanteando el terreno.

–¿Cuál es tu verdadero «yo»?

La pregunta de Max le causó una gran sorpresa. Levantó la vista del documento que estaba leyendo, un informe de especificaciones de rodaje de las últimas escenas que quedaban por filmar en los estudios Hudson.

–Lo siento. ¿Qué has dicho?

—¿Cuál es tu verdadero «yo»? ¿La ejecutiva estirada o ésta? —preguntó, señalando la falda vaquera y el top que llevaba puestos.

Su mirada se detuvo en sus pechos.

Max la deseaba, pero quizá sólo deseaba sexo de ella...

—Soy las dos —le contestó.

—Imposible. Son contradictorias. Y he pasado cinco años sin conocer a la chica desenfadada del piercing en el ombligo.

Bajó la vista hasta su vientre.

—¿Y por qué es imposible, Max? Tú tienes muchas caras distintas. Tienes que ser creativo y lo suficientemente listo como para reconocer un guión prometedor cuando llega a tu escritorio. También eres comercial durante la fase de preproducción y, por último, te conviertes en relaciones públicas cuando quieres conseguir financiación para tus proyectos, además de desempeñar muchos otros papeles —Dana se encogió de hombros—. Si tú puedes ser así de complicado, ¿por qué yo no?

—Eso es distinto.

—No lo es. Todos nos convertimos en aquello que necesitamos ser delante de otros en distintas situaciones.

Max frunció el ceño.

—No me pongas en un pedestal, Dana, y no te enamores de mí. Lo que ha habido entre nosotros ha sido genial, como tú dijiste, pero

137

yo no puedo darte lo que tú necesitas. No puedo amarte.

Dana sintió un gélido escalofrío por la espalda.

—¿Y quién te ha dicho que estoy enamorada de ti?

—Tú.

—Yo no he dicho eso.

—Lo dijiste el sábado por la noche.

Un relámpago de pánico la atravesó de pies a cabeza. Aunque vagamente, sí recordaba haber dicho algo parecido entre sueños la noche que habían hecho el amor en el pasillo y después en la piscina.

—Debía de estar soñando. Ni siquiera recuerdo con qué o con quién estaba soñando.

Max la miró con escepticismo.

—Pero Max, los montajes de tus películas demuestran que sí eres capaz de sentir lo que dices que no sientes. Tú sabes cómo componer el puzzle de imágenes para causar emoción, sabes cuándo utilizar el sonido y cuándo dejar hablar a los personajes… Una vez leí que las grandes películas no necesitan diálogo, que las expresiones de los personajes muestran la historia. Tus ediciones revelan la historia a través de sus rostros, y eso es algo digno de ver.

—Ser capaz de editar películas no es lo mismo que ser capaz de experimentar emociones.

—Yo no creo que eso sea verdad.

Él frunció el ceño aún más.

–Tienes demasiada fe en la gente.

–Y tú tienes muy poca. A lo mejor ya es hora de volver a confiar.

–Y a lo mejor tú deberías dejar de psicoanalizar a tu jefe y volver al trabajo.

Dana se encogió al oír aquellas palabras incisivas. Bajó la vista y se volvió hacia su escritorio.

Había perdido una batalla, pero aquello no había hecho nada más que empezar.

No estaba dispuesta a dejarle escapar tan fácilmente.

Dana cerró la puerta principal y se detuvo. La casa estaba extrañamente silenciosa. Max estaba allí cuando se había ido de compras y los coches seguían en el garaje, así que debía de estar en la casa.

Haciendo malabares con las bolsas de compra se dirigió hacia las escaleras. Casi nunca usaba el ascensor porque prefería hacer un poco de ejercicio después de estar todo el día sentada frente al escritorio.

Y Max hacía lo mismo.

La segunda planta también estaba desierta.

–¿Max?

Sin respuesta.

Fue hacia la cocina, sacó los comestibles y

llevó los artículos de papelería al tercer piso, pero él tampoco estaba allí.

A lo mejor ya se había ido a dormir. Miró el reloj. No eran ni las nueve de la noche.

Dejó el bolso sobre el escritorio y volvió a las escaleras. La puerta de su habitación estaba abierta.

Dana titubeó un momento.

Habían hecho el amor casi todas las noches desde aquella primera vez dos semanas antes, pero nunca en su dormitorio.

Tocó a la puerta y, al no obtener respuesta, entró en la habitación en penumbra. Encendió las luces y enseguida se dio cuenta de que tanto el dormitorio como el cuarto de baño contiguo estaban vacíos.

–¿Max?

¿Acaso estaba en el patio o en el jacuzzi? Salió el balcón de la habitación y escudriñó la oscuridad del patio. Tampoco estaba allí.

Justo antes de volver a entrar vio una escalera de caracol situada en el extremo más alejado del balcón que parecía conducir al tejado. Ella nunca había estado arriba, y ni siquiera sabía de la existencia de ese acceso exterior.

Dana se armó de valor y subió los peldaños. La azotea era plana y ofrecía unas hermosas vistas pero, al no tener paredes altas, era un poco peligrosa. Max estaba sentado en una silla plegable de espaldas a ella, de frente al valle iluminado por miles de luces que se extendía a sus pies.

Dana intentó no sentir vértigo.

–¿Max?

–Vuelve dentro –le dijo en un tono inusualmente seco.

Fue entonces cuando Dana advirtió la botella de whisky que estaba a su lado.

–¿Te encuentras bien?

–Muy bien.

Avanzó hasta él lentamente.

–No sabía que hubiera una azotea.

–Dana, ahora no quiero compañía.

–¿Por qué?

–Vuelve abajo.

–Y si me niego, ¿me vas a lanzar por el borde?

Aquella altura temeraria ya empezaba a darle mareos, pero como no había ninguna otra silla, se agachó a su lado.

Él la fulminó con la mirada.

–¿Qué sucede, Max? No voy a dejarte aquí solo, así que te sugiero que me lo digas.

–Por favor, no voy a saltar.

Dana se sobresaltó al oír esas palabras.

–Y yo no pensaba que fueras a hacerlo. Pero algo te hizo venir aquí a oscuras.

–No es asunto tuyo.

–Se convirtió en asunto mío cuando tú me obligaste a venir a vivir contigo, y ahora también, cuando me has dado un susto de muerte desapareciendo.

Max masculló un juramento.

—Ella murió un día como hoy hace tres años y fue culpa mía. ¿Era eso lo que querías saber, Dana?

Esquivó su mirada como si se arrepintiera de lo que acababa de decir.

—¿Tu esposa?

—Sí —se pasó una mano por el cabello y después le puso el tapón a la botella de whisky.

No faltaba mucho, así que sólo debía de haberse tomado un par de tragos.

—¿Y por qué te culpas? He oído que se quedó dormida al volante.

—Estábamos en una fiesta. Ella estaba cansada y me pidió que nos fuéramos, pero yo estaba demasiado ocupado haciendo negocios. Así que nos quedamos. Cerré algunos tratos. Por aquel entonces todavía tenía que demostrar lo que valía constantemente.

Miró a lo lejos antes de añadir:

—Cuando por fin nos fuimos, yo había bebido demasiado, así que la hice conducir. No debería haberlo hecho.

Dana puso su mano sobre la de él.

—Si habías bebido, entonces hiciste lo correcto.

—Ella estaba embarazada. Por eso estaba tan cansada. Tenía pensado decírmelo esa noche después de la fiesta. Quería celebrarlo. En privado.

–Lo siento mucho, Max.

–Se quedó dormida al volante, se salió de la carretera y se empotró en un árbol. El niño y ella murieron, y yo salí por mi propio pie sin un rasguño… Cuando volví a casa desde hospital al día siguiente encontré el test de embarazo, junto con una botella de sidra sin alcohol metida en un cubo con hielo.

Dana sintió el picor de las lágrimas en los ojos.

–Eso debió de ser como perderla una segunda vez.

Él la miró con fijeza.

–Sí, exactamente.

No había nada que Dana pudiera decir en ese momento para calmar su dolor, así que hizo la única cosa que se le ocurría: abrazarle con cariño.

Al principio él se resistió un poco, pero finalmente la rodeó con sus brazos y le devolvió el abrazo.

–Nadie más sabe lo del bebé. No se lo digas a nadie.

–Claro. No se lo diré a nadie –dijo ella, rozándose la mejilla contra su barba de medio día–. No puedes culparte, Max. Estabas haciendo tu trabajo, haciendo contactos profesionales, e intentaste protegerla no conduciendo el

coche. Fue un accidente. Un terrible accidente. Pero no fue culpa tuya.

Max la miró nuevamente con ojos sombríos.

—Nunca me convencerás de eso. Y por eso
no puedes amarme. Porque yo nunca te que-
rré, ni a ti ni a nadie.

A Dana se le cayó el corazón a los pies. A lo
mejor tenía razón. A lo mejor iba a terminar
con el corazón roto.

—Despierta —la voz de Max la sacó de un sueño profundo.

—¿Qué? —dijo, parpadeando.

—Levántate. Querías ser productora, y ahora vas a tener oportunidad de hacer una de las
peores cosas del trabajo.

—¿Y eso que es?

—Mantener la paz. Tenemos que ir a sacar a
Ridley de un lío.

Dana se incorporó de golpe y se quitó el pelo
de la cara.

—¿Qué pasa con Ridley?

—Está apalancado en una discoteca, borra-
cho. Tenemos que sacarlo antes de que lleguen
los periodistas. *Honor* no se merece esa clase de
publicidad. Ponte ese vestido negro que llevas-
te a la cena familiar y hazlo rápido.

—¿Tengo que arreglarme para ir a buscar a
Ridley? —le preguntó Dana, y entonces se dio

cuenta de que él ya estaba vestido. Llevaba unos elegantes pantalones negros y una camisa blanca con algunos botones desabrochados. No se había afeitado, pero ese nuevo look descuidado le hacía peligrosamente sexy–. ¿Tú también vas?

–Sí.

–¿Es que no me crees capaz de resolver la situación?

–Ridley es de lo más impredecible. No podrías ocuparte de él tú sola.

–¿Y tenemos que entrar en el local para traerle de vuelta?

–Sí. Por eso nos tenemos que arreglar, o de lo contrario, no te dejan pasar de la puerta de entrada. Es un lugar muy exclusivo. Tengo más posibilidades de entrar con una mujer hermosa colgada del brazo… Tienes cinco minutos.

Dana miró el reloj. Eran las tres de la mañana.

–¿Y no podía haberse ido de fiesta a una hora menos intempestiva? Además, ¿está Bella con él?

–No. Bella tuvo suficiente sentido común como para irse y llamarme al ver que se ponía impertinente.

Dana tiró de las mantas y se levantó de la cama. Max se recostó contra la cómoda, de brazos cruzados, y se dedicó a observarla.

A pesar de los momentos íntimos que habían

145

compartido, su intensa mirada la hacía sentirse incómoda.

Corrió hacia el armario, sacó el traje y consideró la posibilidad de encerrarse en el baño.

Pero se lo pensó mejor.

Ella quería que él la viera. Quería que la deseara, y para eso tenía que tentarle. Habían pasado dos semanas desde la cena familiar; dos semanas en las que habían hecho el amor cada noche, pero él siempre se marchaba bruscamente después de hacerle el amor, siempre se iba a dormir a su propio dormitorio...

Dana arrojó el vestido sobre la cama y se quitó el camisón a toda velocidad. Después fue a buscar la ropa interior en un cajón y escogió el juego de sujetador y braguita de encaje negro que había comprado en Francia. Lo había comprado para darse un capricho, pero nunca lo había llevado.

Se puso la ropa interior y entonces le oyó suspirar. Max la observaba con atención.

Buscó agallas donde no las había y se fue corriendo al cuarto de baño, dejando la puerta entreabierta.

Al mirarse en el espejo, vio el reflejo de Max tras de sí. Mordiéndose los labios para esconder la sonrisa, se lavó la cara rápidamente, se puso algo de maquillaje y se cepilló el cabello.

Entonces regresó al dormitorio y se puso

unos pendientes y un colgante de oro que le caía en el escote.

Los pezones se le endurecieron al sentir su caliente mirada entre los pechos.

–Te queda un minuto –su voz sonaba un tanto más grave que de costumbre y el pulso de Dana se aceleraba por momentos.

Se subió a unos tacones de infarto y entonces sintió un cosquilleo sobre la piel allí donde caía la mirada de Max. Era divertido ponerle la miel en los labios.

Finalmente sacó el vestido de la bolsa de plástico y se lo puso por la cabeza.

–Lista –le dijo, dando media vuelta.

Max tragó con dificultad y Dana advirtió el incremento de volumen en su entrepierna.

Lentamente él fue hacia ella, quemándola con su ardiente escrutinio.

–Busca tu carnet de identidad y nos vamos.

A Dana le habría gustado recibir un cumplido, pero se conformaba con saber que él la deseaba con locura.

Max salió de la habitación y ella fue tras él, no sin antes meter algunas cosas en un diminuto bolso de fiesta. En el garaje, la esperó junto a la puerta del coche para ayudarla a entrar y después subió por el lado del conductor.

–¿Esto pasa a menudo?

Max se encogió de hombros y dio marcha atrás para salir del garaje.

–Depende el actor. Algunos son peores que otros.

–¿Y por qué sus managers no les hacen de canguros?

–Algunas veces los representantes son de los que piensan que cualquier clase de publicidad es buena para el negocio. De momento, Hudson Pictures es la que más pierde si esto sale a la luz. Y Bella me llamó.

Max adoraba a su hermana pequeña, pero, igual que su padre Markus, siempre intentaba ocultar sus sentimientos. Y ésa era una de las cosas que Dana no podía comprender, porque ella estaba acostumbrada a los efusivos abrazos y muestras de cariño de su padre y de su hermano.

Max abrió la puerta electrónica, salió a la carretera y aceleró.

–La idea es sacarle de allí sin armar mucho revuelo. Los paparazzi estarán acechando como buitres y a lo mejor nos caen encima, así que cuida cada paso que des y cada palabra que digas. Si alguien pregunta, vamos a visitar un nuevo local del que hemos oído hablar.

–Yo he oído hablar de Leslie Shay. ¿Tiene algo personal contra los Hudson?

–Algo así. Es una de las peores. Con un poco de suerte, se habrá ido detrás de Bella, así que no tendremos que lidiar con ella.

–¿Y si no es así?

–Entonces, supongo que nuestra foto será portada de la prensa del corazón mañana por la mañana.

–A decir verdad, no te agradezco que me hayas despertado a las tres de la mañana, pero supongo que esto es así. Todos los trabajos tienen cosas buenas y malas. Pero nunca me habías hablado de esta parte del trabajo.

–Eso es porque nunca hablo de ello. No hace falta hablar de ello. Sólo hay que hacer lo que hay que hacer y de forma discreta. Lo peor de todo es hacer de niñera de actores irresponsables. Son peores que los niños y se meten en más líos. Un estrella estúpida puede acabar con un gran éxito de taquilla. La producción no es un trabajo glamuroso.

–Y yo nunca he creído que lo fuera. Yo era de las que resolvía las pequeñas trifulcas para las que tú no tenías tiempo. ¿Recuerdas a aquel tipo que se quejó de que su tráiler no era el más grande? ¿Y el que pidió café directamente traído de Colombia? Pero mi favorita era la actriz que pedía cinco kilos de M&Ms verdes cada lunes por la mañana. Esos líos me caían a mí encima.

Él hizo una mueca.

–Esto es mucho peor. No se trata de un capricho tonto.

–Entiendo. Y puedes contar conmigo –Dana quería poner la mano sobre la de él, que estaba sobre el cambio de marchas, pero no se atrevía...

«A lo mejor el gesto no es bienvenido», pensó para sí, pero entonces se armó de valor y lo hizo.

Él se puso tenso al sentir el tacto de su mano, pero la rigidez no tardó en desvanecerse.

–Gracias por venir sin rechistar.

Ella le apretó la mano y después retiró la suya propia. No quería forzar demasiado las cosas.

–Me alegra poder ayudar. Además, así podré visitar uno de esos locales tan «exclusivos».

Unos momentos más tarde llegaron al lugar en cuestión, una discoteca de moda que Dana sólo conocía por las revistas del corazón. Max paró delante de la puerta principal, le dio las llaves al aparcacoches y la ayudó a bajar del vehículo.

–No mires a nadie –le advirtió al ayudarla a salir del coche–. Y recuerda, no respondas a ninguna pregunta.

En cuanto pusieron un pie en la acera, la conmoción se hizo evidente y la gente se agrupó alrededor de la entrada para ver el desfile de estrellas que iban y venían.

Entre ellos, los temidos periodistas...

Max masculló un juramento, se acercó y le dijo algo al oído. El tacto de sus labios sobre la oreja la hizo estremecerse.

–Shay está aquí. La morena alta y flaca que está a tu izquierda. Sigue caminando. Y mantén la boca cerrada.

Dana miró a un lado con disimulo y en ese momento se dispararon todos los flashes de las cámaras.

–Max –dijo una voz que venía de la zona en la que estaba la reportera–. ¿Quién es tu nueva acompañante? ¿Vas a seguir los pasos de tu hermano? ¿Suenan campanas de boda?

Max siguió adelante con un gesto imperturbable. Se detuvo frente a la puerta de entrada y habló con el imponente portero trajeado. Dana no podía oír la conversación, pero el gesto tenso de Max no presagiaba nada bueno. Se paró delante de él y, al ver la negativa en la cara del guarda, supo que tenía que pensar deprisa.

–Por favor, es mi primera vez. Bella me dijo que este sitio me encantaría –dijo, pestañeando con coquetería.

Como eso no parecía funcionar, le guiñó un ojo.

–Aposté quinientos dólares a que su hermano me traía.

El gorila la miró de arriba abajo y reparó en el generoso escote que creaba el sujetador que llevaba.

–Sí, claro. Adelante.

Les abrió la puerta y entonces el estridente sonido de la música de fiesta retumbó en los tímpanos de Dana. La música estaba tan alta que los bajos vibraban sobre el tejido de su vestido.

Se escurrió entre Max y el gorila y entró a toda prisa.

El local era un torbellino de oscuridad, luces estroboscópicas, humo de cigarrillos y calor humano.

Max la agarró de la cintura y la hizo arrimarse más a él.

—Eres muy buena.

Ella sonrió de oreja a oreja.

—Gracias. Ahora, vamos a buscar a nuestro hombre.

Dana trató de no quedarse boquiabierta ante todas las estrellas que desfilaban ante sus ojos, pero era difícil. Allí estaba la jet set de Hollywood y, aunque sí estaba acostumbrada a lidiar con ellos en los platós, ése era un terreno desconocido para ella.

Miró todas aquellas caras conocidas y finalmente se detuvo en una en concreto. Parecía ser Ridley sentado en un rincón, pero tenía que estar más cerca para asegurarse. Además, no estaba solo…

—¿No es él? –le preguntó a Max–. Es difícil de saber con esas tres encima de él.

—Es él. Ahora tenemos que convencerlo para que venga con nosotros.

Ridley era moreno, de estatura media y bastante atractivo, pero a Dana no le gustaban esos tipos resultones y pretenciosos.

Max le dio una patadita en el zapato.

–¿Qué tal, Ridley? Me han dicho que necesitas que te lleven a casa.

A juzgar por su fulminante mirada ebria, no se alegraba mucho de verlos.

–Discúlpennos, señoritas. Ridley está comprometido –Max se sacó un par de billetes de cien dólares del bolsillo y se los dio a una de las mujeres–. Las invito a una copa.

El trío de harpías desapareció de inmediato.

–No tenías por qué aguarme la fiesta –le dijo Ridley con la lengua trabada.

Max se inclinó y le dijo algo al oído. Le agarró la mano como si le fuera a dar un apretón y le hizo ponerse en pie de un tirón.

Molesto con Max, la estrella de *Honor* le lanzó una mirada lujuriosa a Dana.

–Me iré si me puedo sentar en el asiento de atrás con ella.

–Ni lo pienses –le dijo Max en un tono feroz–. Ahora, vámonos de aquí sin montar una escena.

Los tres dejaron el local y subieron al coche a toda prisa; Ridley detrás y Dana junto a Max.

Max se volvió y le fulminó con la mirada.

–Si fuera tú, me lo pensaría mejor antes de volver a dar un espectáculo como éste, si es que quieres volver a trabajar con Hudson Pictures.

Ridley guardó silencio, claramente furioso.

Max lo dejó en su casa treinta minutos después y se dirigió de vuelta a Mulholland Drive.

—No ha ido tan mal —se atrevió a decir Dana.

—Sólo recuerda que, si lees algo en el periódico mañana, no es cierto.

—Yo jamás creería una información que no viene directamente de fuentes fidedignas.

—Muy bien. Vámonos a la cama. Esa pequeña actuación con la que me atormentaste al vestirte te va a costar muy cara —le dijo, mirándola con ojos de fuego.

Capítulo Nueve

Cuando Dana bajó al patio el lunes por la mañana se encontró con Max.

Él estaba de espaldas, hablando por su teléfono móvil.

—Acceso para discapacitados en todas las premieres —dijo de pronto—. El hermano de Dana está en silla de ruedas y no quiero que tenga dificultades mientras esté aquí. Quitad todos los obstáculos.

Una oleada de emoción le recorrió las venas. Max había invitado a su familia al evento, pero ella creía que iba a tener que ocuparse sola de todos los detalles.

—Ya he reservado los billetes de avión y el hotel para los cinco.

¿Cinco? Eso debía de incluir a sus padres, a su hermano, a su cuñada y al hijo de ambos, su sobrino.

Estaba deseando verlos, pero aún faltaban meses para la premiere. Primero estaba el preestreno de la primera versión, que se proyectaría en la fiesta privada del sesenta aniversario de Hudson Pictures.

Agarró con fuerza el teléfono y se lo llevó al pecho. Ése era el hombre del que se había enamorado, el que también se preocupaba por su familia.

—Gracias —dijo él, todavía hablando por teléfono.

Se dio la vuelta y entonces la vio.

—¿Necesitas algo?

Dana se tragó el nudo que tenía en la garganta y le ofreció el teléfono que tenía en las manos.

—Es Luc.

Max se puso al habla del teléfono inalámbrico.

—Luc, ¿qué pasa?

Él escuchó un momento y entonces esbozó una sonrisa.

—Enhorabuena. ¿Cómo están Gwen y el bebé?

Dana se alejó un poco para darle algo de privacidad. Fue hacia el borde del patio y contempló el impresionante paisaje urbano que se extendía a sus pies, y a lo lejos, el océano. Una fina neblina diluía los rayos del sol sobre la ciudad.

California era un sitio maravilloso para vivir, pero ella siempre echaba de menos el aire puro de su hogar y los cambios de estaciones. En Wilmington, octubre llevaba consigo la caída de las hojas secas y la venta de calabazas por doquier, pero en la Costa Oeste, el otoño sólo era una palabra en el calendario y la temperatura sólo variaba alrededor de unos pocos grados al año.

Max fue junto a ella.

–Gwen tuvo el bebé anoche. Es un niño. Le han llamado Charles por nuestro abuelo, pero tienen pensado llamarle Chaz. Luc nos mandará fotos cuando llegue a casa del hospital.

–¿Están todos bien?

–Sí. Tengo que enviarles algo.

–¿Quieres decir que vas a comprarle algo al bebé?

Él abrió la boca y volvió a cerrarla sin decir nada.

–Sí –admitió.

Dana esperaba que le pidiera ayuda. Si lo hacía, tendría que recordarle que iba a perder la apuesta que le había hecho tres semanas antes.

–¿Quieres que te dé una lista de tiendas apropiadas?

–¿Para que cantes victoria? Ni hablar. Buscaré en Internet a ver qué encuentro.

Dana debería haber sabido que no iba a ceder tan fácilmente. Max Hudson era demasiado testarudo como para dejarse ganar así como así y hasta ese momento había sido capaz de ocuparse de los asuntos personales sin su ayuda.

Además, ella ya no quería ganar la apuesta porque eso significaba alejarse de él.

–¿Has hecho los preparativos de viaje para mi familia? –le preguntó, sacando un tema menos delicado.

Max asintió y ella se llevó una grata sorpresa.

Hacer preparativos de viaje había sido parte de su trabajo como asistente personal y, de no haber estado ya enamorada de él, habría caído rendida a sus pies en ese preciso momento.

–Gracias, Max. Yo podría haberlo hecho.

Él le restó importancia.

–No fueron los únicos que tuve que preparar. Tenemos mucho que hacer como para malgastar el tiempo en tonterías. La primera edición no es la versión final, pero yo quiero que esté tan perfecta como sea posible para la fiesta de aniversario y sólo nos quedan unas semanas. Pongámonos manos a la obra –dijo y dio media vuelta, dejándola sola, aunque contenta.

En momentos como ése, cuando necesitaba compartir su alegría y él le daba la espalda, se preguntaba si alguna vez conseguiría atravesar esa dura coraza que Max había construido alrededor de su corazón, o si, por el contrario, debía tirar la toalla y admitir la derrota.

***

El bolígrafo que estaba en la mano de Dev hacía «clic, clic, clic»…

El sonido repetitivo se clavaba en los nervios de Max, que se echó hacia atrás en la silla de su escritorio.

Miraba a su hermano fijamente y él le devolvía la mirada, llena de tensión.

¿Acaso había terminado ya su luna de miel? A lo mejor ya empezaba a arrepentirse después de un mes de matrimonio.

«Clic, clic»

—Suéltalo, Dev. ¿Qué bicho te ha picado un sábado por la tarde?

—Tenemos poco tiempo antes de la fiesta de aniversario y la primera proyección de la película. Noviembre está a la vuelta de la esquina, así que sólo tienes unos días más. ¿Lo tendrás todo listo?

—La primera edición estará lista para entonces.

—¿Y qué pasa con Dana? Nos siguen llegando guiones y propuestas para nuevos proyectos a diario. Tenemos que saber que podemos confiar en ella antes de empezar a tomar decisiones sobre proyectos futuros.

—La he mantenido demasiado ocupada como para que se preocupe por nuevos proyectos. Si sabe algo relativo a la fuente de información de Willow, no creo que vaya a hablar. ¿Qué tal la vida de casado?

–No me cambies de tema. Has tenido semanas para averiguar si está filtrando información y, si no lo has conseguido, es que no lo has intentado.

–Lo estoy intentando, maldita sea. Las similitudes entre los guiones podrían ser accidentales.

–Max, ambos sabemos que eso es poco probable.

Max se puso en pie y fue hacia la ventana. ¿Acaso era ella el topo? Dadas las sospechas que pesaban sobre ella, ¿cómo había podido confiarle lo de Karen y el bebé? Tendría que haber guardado silencio.

Nadie lo sabía, ni siquiera Dev.

¿Pero qué tenía ella que hacía que todo pareciera tan fácil?

Demasiado fácil. Compartían trabajo, comidas, conversaciones y sexo. Un sexo increíble... Como esa misma mañana, en la bañera.

«Maldita sea...», masculló para sí.

¿Acaso había dejado de funcionar el aire acondicionado? Fue hacia el pasillo, bajó el termostato unos cuantos grados y volvió a su silla.

¿Por qué no era capaz de sofocar la sed que sentía por ella aunque estuviera a su lado las veinticuatro horas del día? No quería desearla tanto; no quería que le importara en lo más mínimo, pero le había dado todo el trabajo sucio de producción y ella lo había hecho sin rechistar.

Dana siempre estaba disponible para hacer los trabajos más desagradables y tenía ideas frescas e interesantes.

Cuanto más le pedía, más le daba.

No quería creer que le había traicionado. De haberlo hecho, probablemente no se habría molestado en trabajar tan duro, o quizá sí... Para sacarle más información.

—Max, necesitamos saber si es la fuente —dijo Dev, insistiendo.

Max se resistía a creer que ella fuera culpable y el tono irritado de su hermano le hizo reaccionar de forma imprevista.

—Me estoy acostando con ella para mantenerla fuera de la cama de Lewis y también para averiguar si nos ha vendido. ¿Qué más quieres que haga?

Al decir esto advirtió la presencia de alguien en el umbral.

Era ella. Se había quedado inmóvil frente a la puerta, con la mano alzada a punto de llamar. Sus oscuros ojos lo atravesaron con una dolorosa mirada.

—Tú... ¿Cómo has podido?

Una punzada de arrepentimiento se clavó en el pecho de Max, pero ya era demasiado tarde. Había oído el ruido de la puerta principal unos minutos antes, pero no había oído el portón del exterior, así que ella no había salido y regresado.

¿Acaso se había quedado para escuchar su conversación a hurtadillas?

Max se puso en pie y fue hacia ella.

—Dana…

Ella levantó una mano y le hizo detenerse.

—¿Sólo era parte del trabajo? ¿Otro de los líos que tiene que resolver un productor de Hudson? —le preguntó, con la voz desgarrada.

—No.

—No querías que me fuera porque necesitabas ayuda con la película, y no me dejabas irme porque no querías que me llevara lo que sabía a otra parte. Dios, incluso me lo dijiste en un principio, y yo aún así cometí el error de enamorarme de ti.

Enamorarse de él… Aquellas palabras se incrustaron en el corazón de Max, dejándolo sin aliento.

Ella no podía amarle. No quería que le amara.

Y tampoco quería tener esa conversación delante de su hermano Devlin.

—Vete de aquí, Devlin.

—¿Qué?

—Vete.

Dana levantó la barbilla.

—Oh, os lo voy a poner mucho más fácil a los dos. Recojo mis cosas y me marcho en cinco minutos –dijo ella–. Lejos de ti y fuera de la nómina de Hudson Pictures.

Max no podía dejarla marchar. Todavía no. Sabía demasiado.

–Si sales por esa puerta nunca más volverás a trabajar en Hollywood.

–¡Maldito bastardo! –le gritó.

–Max... –empezó a decir Dev.

–¡Fuera de aquí, Dev! –gritó Max, pero su hermano no se movía–. ¡Ahora!

–No lo estropees –le advirtió en voz baja antes de salir.

Max continuó mirándola en silencio hasta oír el estrépito del motor del coche de Devlin al salir a toda velocidad.

–Ibas de compras, ¿no?

Dana se encogió al oír el tono acusatorio. Fue hacia su escritorio, agarró un pedazo de papel y lo agitó delante de su cara.

–Se me olvidó la lista de la compra. Iba a prepararte una cena especial porque es Halloween. Pero olvídalo. Prepárate tú la comida.

Arrugó el papel y lo arrojó a la papelera, pero falló. Y ella nunca fallaba.

–No puedo trabajar con alguien que no confía en mí –le dijo, cruzándose de brazos.

–No tienes elección. Has firmado un contrato.

–El contrato no dice que tengo que acostarme con mi jefe y que tengo que vivir en su casa. Desde ahora mismo, no voy a hacer ninguna de esas dos cosas.

—En las oficinas de Hudson tendremos muchas interrupciones.

—Pues lo siento mucho.

Los recuerdos de las peleas con Karen y de los asfixiantes silencios que las sucedían se abrieron paso en su memoria.

—Te ayudaré a guardar todo tu trabajo —le dijo, sabiendo que no podía retenerla contra su voluntad.

—Yo puedo hacerlo —dijo ella.

Pero Max ya no podía confiar en que lo haría.

—Te ayudaré yo y después haré que te lleven las cajas a tu casa.

Dana por fin entendió lo que pasaba.

—No confías en mí lo suficiente. Crees que voy a ir directamente a casa de Doug o quienquiera que creas que está comprando tus secretos.

Max no podía negarlo.

—Te diré una cosa, Max. Tú recoge las cosas del despacho y yo me ocuparé de la ropa. Te veo en la oficina el lunes por la mañana.

—¿Y qué pasa con mañana?

—Mañana es domingo. Me voy a tomar el día libre —Dana dio media vuelta y abandonó la habitación.

El ruido de sus tacones se alejaba sin remedio por las escaleras. Max sabía que la estaba perdiendo y, teniendo en cuenta que aún no sabía si era culpable o inocente, aquella situación le preocupaba más que nunca.

Dana se sentó en la cama y un segundo después empezó a caminar sin sentido por la habitación. Una mezcla nociva de rabia, dolor y traición corría a toda velocidad por sus venas.

Tenía que salir de su casa, cuanto antes mejor. Su corazón estaba roto, su carrera corría peligro y sus sueños estaban... muertos.

Sacó las maletas del armario, las abrió sobre la cama y se quedó mirando el interior vacío unos segundos.

–Idiota –se dijo a sí misma, agarrando un buen bulto de ropa. Lo metió a toda prisa con las perchas incluidas y, después de aplastar todo el montón, añadió más y más hasta vaciar todo el armario.

«¿Cómo vas a querer a un hombre que te ha tratado así?», pensó.

Entró en el baño, recogió los cosméticos, los arrojó dentro la maleta y, con manos temblorosas, hizo encajar el cierre con gran dificultad; tanto así que un segundo después cayó de rodillas en el suelo, cansada y dolida.

La tentación de echarse a llorar era muy fuerte y un nudo de lágrimas le apretaba la garganta, pero tenía que seguir adelante.

No iba a llorar por Max Hudson.

Una vez hubo recogido todas sus pertenencias, abrió la puerta y comprobó el pasillo. Estaba vacío.

Agarró las llaves del coche y salió a toda prisa, arrastrando el equipaje tras de sí. Al llegar al recibidor echó una última mirada atrás y abrió la puerta de par en par.

Max la esperaba junto al coche, increíblemente guapo con su camisa y sus pantalones hechos a medida; un lobo con ropa de firma...

Dana titubeó un momento, pero entonces respiró hondo y echó a andar.

–Dana, no tienes que irte –le dijo él, interponiéndose entre el maletero del coche y ella.

–Claro que tengo que irme. Me has utilizado, Max, y no confías en mí. Creo que eso es razón suficiente.

Abrió el maletero con el mando a distancia.

–Si me disculpas...

Después de un momento de silencio, Max le quitó las maletas de las manos y las metió él mismo dentro del coche

Cerró la puerta del maletero y la miró fijamente una vez más con esos transparentes ojos azules capaces de quebrar la voluntad más firme.

Ojos traicioneros...

Dándose la vuelta para que no pudiera ver cómo le temblaban las manos, Dana sacó las llaves de la casa de su llavero y se las ofreció.

–Esto es tuyo. Ya no las necesito.

Como él no las aceptaba, le agarró la mano y se las puso sobre la palma con brusquedad.

Ya no había lugar para las palabras, así que subió al coche y se marchó a toda velocidad, sin mirar atrás…

El lunes por la mañana Max se encontró con una Dana totalmente distinta en las oficinas de Hudson Pictures. Aquella mujer no era su antigua asistente personal, trabajadora y laboriosa, pero tampoco era la joven apasionada y hermosa que había conocido recientemente.

La antigua Dana lo habría recibido con un vaso de zumo de naranja y una sonrisa en los labios, pero la nueva, en cambio, volvía a llevar uno de sus conservadores trajes y se había recogido el cabello.

No obstante, sí que había acudido al trabajo y eso era algo de agradecer. Dos días antes, pensaba que nunca volvería a verla.

Al verle entrar, Dana se puso en pie y le ofreció un sobre cerrado.

–Dev te ha traído esto. Necesita que le eches un vistazo lo antes posible y que te pongas en contacto con él –le dijo en un tono frío y profesional.

–¿Qué es?

–No lo sé. Está cerrado. Ya no soy tu asistente personal, Max. Y no lo he abierto.

–Gracias. ¿Algún mensaje?

–Están sobre tu mesa. Y tienes una cita a las dos.

Él dio media vuelta.

–Max, una cosa más –tomó un guión de su escritorio y se lo ofreció–. Es un guión de la película de Willow sobre la Segunda Guerra Mundial.

Sorprendido, Max la miró fijamente.

–¿Cómo has conseguido una copia? –le preguntó, aunque ya sabía la respuesta.

Doug Lewis.

Una bola de rabia le atenazó el estómago. Había vuelto a verle aunque él le había pedido que no lo hiciera.

–Ahora no importa. Pero la próxima vez, antes de acusar a nadie de vender los secretos de tu empresa, deberías investigar un poco. El guionista es un antiguo empleado de Hudson. Usa un pseudónimo, pero no fue difícil averiguar su verdadera identidad mediante el registro online de autores. Cotejé la información con Recursos Humanos y resulta que lo echaron hace siete años. Te he puesto su verdadero nombre aquí –le dijo, señalando el principio de la página.

Max reconoció el nombre inmediatamente. Aquel tipo les había traído muchos problemas.

—Después de leer el guión quizá quieras enviarlo al departamento de Relaciones Públicas para que pongan en marcha la promoción de *Honor.*

—Lo siento, Dana —dijo Max, avergonzado.

—Ya es un poco tarde para eso. Y ahora, si me disculpas, tu productora asociada tiene que resolver una pequeña crisis. Le he pedido a Recursos Humanos que te consiga una asistente ejecutiva provisional. Debería llegar a eso de las nueve —dijo y se marchó sin más.

Capítulo Diez

—Dana me ha dicho que a lo mejor nos deja pronto —le dijo su abuela Lillian.

Max estaba sentado junto a ella en el solárium.

—Dice que quiere conseguir sus metas profesionales en otra parte —añadió Lillian.

—Así es —contestó él. Dana había vuelto a visitar a su abuela. ¿Pero por qué no le sorprendía en absoluto?

—Yo pensaba que ya tenía una carrera profesional en Hudson Pictures, sobre todo desde que reconociste su talento y le concediste el ascenso.

Max sintió ganas de levantarse y empezar a andar, pero los brillantes ojos de Lillian Hudson le hicieron quedarse en el sitio.

—Puede que se vaya cuando terminemos esta película.

En ese momento Max reparó en un detalle. A lo mejor podía hacerla quedarse si se aferraba a aquella vieja apuesta que habían hecho. Desde aquel día no había vuelto a pedirle ayuda para resolver sus asuntos personales y cotidianos, de modo que todavía quedaba una pequeña oportunidad.

¿Pero realmente quería aprovecharla?

—¿Tienes algo que ver con esa decisión?

Max no quería hablar de Dana y lo último que necesitaba era escuchar los merecidos reproches de su abuela.

—Puede.

Ella esbozó una sonrisa sabia.

—Todo el mundo creía que tu abuelo y yo éramos la pareja perfecta, pero no siempre nos llevamos bien. Como Karen y tú, nosotros también nos peleábamos y luego hacíamos las paces. El amor es así, una de cal y otra de arena. Pero Karen y tú nunca tuvisteis esos días cálidos y apacibles, momentos en los que basta con estar, juntos y tranquilos; momentos en los que la vida pasa despacio; momentos en los que lo único que importa es estar juntos y en paz. Con ella siempre era un extremo o el otro. Pero el amor verdadero necesita esos momentos de paz.

—Vine a hablar de la película —dijo Max, intentando cambiar de tema.

—Yo no necesito hablar de la película. Ya sé de qué va la historia. Estoy tratando de contarte lo que no le dije a Cece cuando hizo el guión —puso su mano sobre la de él—. Ya no me queda mucho tiempo, Maximillian. Quiero verte feliz antes de irme.

Max sintió que se le encogía el corazón. Muy

pronto ella ya no estaría allí y jamás volvería a disfrutar de su conversación tranquila.

—Yo soy feliz.

—No. Eras feliz, de alguna manera. Pero entonces Karen murió y yo sé que aún te duele. Sé que habrías querido morir tú en lugar de ella y que no fuiste capaz de seguir adelante sin ella. Yo sentí lo mismo cuando tu abuelo me dejó. Pero no era mi momento, ni tampoco el tuyo. Todavía tenemos cosas que hacer aquí. Yo tenía a mis hijos y a mis nietos, y tenía que contar la historia de Charles. Eso me dio fuerzas para seguir adelante. Y tú deberías pensar qué o quién te dio fuerzas para seguir adelante también.

—Mi trabajo.

—Oh, fue algo más que el trabajo lo que te hizo levantarte cada mañana.

—¿De qué estás hablando?

—Eso tienes que averiguarlo tú, Maximillian. Pero recuerda: los que nos quisieron, Karen y Charles, querrían vernos felices, aunque no sea con ellos —dijo y le hizo señas a la enfermera que siempre la acompañaba a todas partes.

—Abuela…

—Estoy cansada, cariño. Vuelve al trabajo. Sé que tienes mucho que hacer y sólo te queda una semana.

***

–Dana, ¿puedes venir un momento, por favor? –le dijo Max por el intercomunicador.

Lo último que deseaba ella era hablar con Max cara a cara. Ya le había resultado muy difícil tener que verlo todos los días y trabajar a su lado después de lo ocurrido.

–Sí –dijo, poniéndose en pie.

En las últimas tres semanas después de haberse marchado de su casa, había trabajado muy duro y el agotamiento más extremo ya empezaba a pasarle factura.

Había perdido cinco kilos y se encontraba muy cansada físicamente.

Llamó a la puerta del despacho de Max.

–Adelante.

Ella respiró profundamente y abrió la puerta.

Max se estaba levantando de su silla, algo que nunca había hecho en el pasado.

–Siéntate –le dijo, mirándola fijamente.

Ella obedeció y él también tomó asiento.

La tensión entre ellos se palpaba en el ambiente, frío y hostil.

–Ya hemos terminado la primera edición. Quiero que le eches un vistazo.

Él también se había entregado de lleno al trabajo y no era de extrañar que hubiera terminado tan pronto.

–¿Quieres que compruebe errores de continuidad?

—Quiero que te prepares para presentar la película en la fiesta del aniversario.

La sorpresa la dejó sin aliento. Lo miró fijamente a los ojos, y entonces la sospecha se apoderó de ella.

—¿Por qué yo?

—Te has empleado a fondo desde que empezamos con el proyecto, y tu entrega y dedicación merecen una recompensa.

—Eso no es necesario, Max. Sólo hacía mi trabajo.

—Dana, te lo debo —le dijo. Sus azules ojos mostraban arrepentimiento.

Pero lo único que ella quería de Max era algo que no le podía dar.

—No me debes nada excepto unas buenas referencias.

Él arrugó el entrecejo.

—No he perdido la apuesta.

Dana sintió un pánico repentino.

—Pero tú no me harías eso, ¿verdad?

Él se echó hacia atrás en la silla.

—¿Y por qué no iba a hacerlo? —le dijo, cruzando los brazos sobre el pecho.

El corazón de Dana se aceleró y se le humedecieron las palmas de las manos.

Tenía que escapar de Hudson Pictures en cuanto terminaran la película. No podía quedarse.

—Porque no confías en mí.

—Me equivoqué –dijo, encogiéndose de hombros.

Dana se humedeció los labios.

—No quiero quedarme aquí, Max. Libérame de la apuesta.

—No. Eres mía durante un año.

Max llegaba tarde, algo muy inusual en él.

Dana no recordaba haberle visto llegar tarde a ningún sitio desde que le conocía. Miró a la gente que estaba a su alrededor y se preguntó si ya estaba allí. Que no le hubiera visto no significaba que no estuviera allí, entre los actores, miembros del equipo de rodaje y demás invitados que asistían a la proyección de la primera edición.

Los otros miembros de la familia Hudson ya estaban allí. Incluso Luc y Gwen habían volado desde Montana para acudir al evento. Dev, Luc y Jack estaban con David; Sabrina y Markus se estaban tomando una copa de champán junto al piano y las demás mujeres del clan Hudson se agolpaban alrededor de Lillian.

Los dulces acordes de la banda sonora de la película brotaban de los dedos del pianista.

Dana suponía que podía unirse a este último grupo, pero estaba demasiado nerviosa para como para ir junto a ellas.

Sola entre una multitud…

Así se sentía en ese momento.

Respiró profundamente y se alisó el vestido de seda que llevaba para la ocasión. Ella quería algo discreto y negro, pero Cece y Bella habían insistido en que llevara un llamativo traje naranja con abalorios brillantes en los tirantes y un corpiño ajustado.

Era un vestido muy sensual y ceñido, nada que ver con su estilo personal.

Una atmósfera de expectación inundaba el enorme salón, pero ella seguía inquieta. ¿Dónde estaba Max? Pensó en sacar el teléfono y llamarle por el móvil, pero justo cuando se disponía a hacerlo, él entró por la puerta.

Dana contuvo el aliento y trató de mantener la compostura.

Estaba impresionante con su traje de firma hecho a medida.

En ese momento le vio volverse y ponerse a charlar con alguien que estaba detrás de él.

¿Quién le acompañaba? ¿Acaso era una de sus novias rubias del pasado?

No estaba segura de poder soportarlo.

Intentó ver de quién se trataba y se llevó una grata sorpresa al ver que eran sus propios padres.

¿Pero qué estaban haciendo allí sus padres? Se suponía que no iban a ir a Los Ángeles hasta el preestreno de la película.

Dana cruzó el salón apresuradamente, esquivando camareros y otros invitados a su paso.

Max la vio acercarse y sonrió.

Pero ella pasó de largo junto a él y se lanzó a los brazos de su madre y después de su padre.

—¿Qué pasa, pequeña? —le preguntó su padre, al ver lágrimas de alegría en sus ojos.

Haciendo un gran esfuerzo, contuvo las ganas de echarse a llorar, le dio un último abrazo y forzó una sonrisa antes de apartarse.

—¿Qué estáis haciendo aquí? —les dijo, intentando que no le temblara la voz.

Sus padres la miraron con gesto de preocupación.

—Max quiso que compartiéramos esta gran noche contigo —le dijo su madre, tomándola de la mano.

«Max…».

Dana lo miró fijamente.

—Gracias —le dijo.

—De nada. Sólo siento que tu hermano y su familia no hayan podido venir. Estarán aquí para el preestreno —la miró de arriba abajo—. Estás preciosa esta noche, Dana, tan hermosa y radiante como los cuadros de tu madre.

Dana contuvo la respiración. Ésa era la razón por la que se había dejado convencer para escoger ese vestido. El color le recordaba a su hogar, los largos paseos por la playa al atardecer junto a su madre…

«Deja de perdonarle», se dijo.

No quería quererle. Quería odiarle, marcharse sin sentir remordimientos y olvidarle para siempre.

—Gracias —sus labios dibujaron las letras, pero la voz no le salió.

Él miró el reloj.

—Ya casi es la hora del espectáculo. ¿Estás lista?

Ella se aclaró la garganta.

—Claro.

—Bien. Voy a presentar a tus padres y a los míos y después los acompañaré a su mesa.

Antes de que pudiera hacerlo, unas voces fuertes llamaron su atención. Markus y David estaban en un extremo de la habitación, enfrascados en una acalorada discusión.

Las disputas de los hermanos eran bien conocidas por todos, pero Dana había esperado que hicieran un esfuerzo por guardar las formas en una ocasión tan especial.

David intentó darle un puñetazo a su hermano, pero falló, y Dev y Jack corrieron hacia sus respectivos padres.

—Disculpadme un momento —dijo Max, yendo tras ellos.

Dev agarró a su padre y Jack hizo lo mismo con el suyo.

—¡Díselo, Sabrina! —gritaba David, forcejeando—. Dile que te acostaste conmigo. ¡Dile que éramos amantes!

Suspiros de conmoción sacudieron el enorme salón y después se hizo un silencio sepulcral.

178

Markus maldijo a su hermano, sin dejar de resistirse, pero Max y Luc ayudaron a separarlos.

–¡Dile que su preciosa niña es hija mía! –gritó David–. ¡Dile que Bella es hija mía!

El grito desgarrado de una mujer rompió el silencio.

Dana miró a Bella. La joven estaba pálida y se tapaba la boca con una mano.

–¿Es eso verdad? –preguntó, avanzando hacia su madre–. ¿Es David mi padre?

Con lágrimas en los ojos, Sabrina miró a su marido y después a su hija.

–Yo… Yo… Sí –dijo, llorando.

Bella dio media vuelta y se fue corriendo de la habitación.

Dana se volvió hacia su madre.

–Tengo que…

–Ve a buscarla, cariño.

Dana no se lo pensó dos veces. Echó a correr detrás de Bella y la encontró apoyada contra uno de los bungalós de las oficinas, intentando contener las lágrimas y recuperar el aliento.

–¿Bella?

Bella agitó una mano para pedirle que se fuera.

Sin decir ni una palabra, le puso el brazo sobre los hombros y le ofreció su apoyo silencioso.

–No puedo creérmelo… Quiero decir… David –dijo Bella, temblando–. ¿Cómo pudo hacerlo? Él es un imbécil.

Dana sacudió la cabeza. Ella pensaba lo mismo. ¿Qué había visto Sabrina en un hombre así?

—Eso tienes que preguntárselo a tu madre. Pero ya sabes que David puede llegar a ser encantador cuando quiere algo.

Bella tragó con dificultad.

—Mi padre… Quiero decir… Markus… ¿Tú crees que me odia?

—Markus sigue siendo tu padre. Está dolido y sorprendido, y seguro que tendréis que arreglar las cosas entre vosotros pero, Bella, él te ha querido durante veinticinco años y no va a dejar de hacerlo porque David sea un bocazas. Los padres quieren a sus hijas siempre.

—Hoy no es mi día —la ironía que teñía la voz de Bella llamó la atención de Dana—. Primero Ridley y ahora esto.

—¿Qué pasa con Ridley?

—Me ha dejado. ¿Te lo puedes creer? El muy imbécil me ha dejado.

Dana pensó que era mucho mejor así, pero se guardó sus palabras.

—¿No ha venido hoy?

—Vendrá. Pero viene con otra.

Dana le dio un cálido abrazo.

—Los hombres son unos idiotas.

—De verdad. No quiero volver ahí dentro, Dana.

—Estoy segura de que todo el mundo lo entenderá si no lo haces.

—Pero no puedo quedarme aquí fuera. *Honor* significa mucho para la abuela y no puedo decepcionarla. Además, no quiero que esos dos idiotas, David y Ridley, vean que me han hecho daño. Pero en cuanto esto termine, me voy a esconder en alguna parte hasta que los rumores cesen. Volveré a Europa y buscaré una encantadora villa italiana en la que refugiarme o algo así.

—Ésa es la Bella de siempre, luchadora y tenaz. Y, quién sabe, a lo mejor me voy contigo.

Bella la miró fijamente.

—Te ha hecho daño, ¿verdad? El idiota de mi hermano.

—Un corazón roto siempre tiene remedio. Sobreviviré. Las dos sobreviviremos. Mi despacho está muy cerca. Tengo maquillaje en mi escritorio, por si quieres retocarte un poco.

—Oh, lo necesito, ¿verdad?

Dana arrugó la nariz.

—Un pequeño retoque siempre viene bien. Iré contigo.

—Pero tienes que ir a presentar la película.

Dana frunció el ceño.

—Si no pueden esperar, que lo haga Max. Es su obra maestra, después de todo.

—¿Es una obra maestra?

—Bella, hiciste un trabajo magnífico. Lillian estará orgullosa de ti. Así que volvamos ahí y, como dice mi padre, demostrémosles de qué estamos hechas.

La audiencia se estaba impacientando y Max miraba el reloj. Habían puesto a David y a su padre en cada extremo del salón, como niños malcriados, y su madre, pálida y triste, estaba sentada al lado de su padre. Bella y Dana habían desaparecido y todavía no habían regresado.

Pero cancelar la proyección no era una opción. Necesitaban las valoraciones de la audiencia para elaborar la edición final y, además, el preestreno ya estaba programado.

Dev le hizo señas para que comenzara y entonces supo que tenían que empezar.

Fue hacia el escenario y, justo cuando iba a empezar el discurso, las puertas se abrieron y Dana y su hermana hicieron acto de presencia, con la cabeza bien alta y tomadas de la mano.

Dana iba de naranja y Bella de rojo escarlata, y juntas constituían una llamativa imagen, más seguras y decididas que nunca.

Max no recordaba haber visto a Dana más hermosa y segura de sí misma que en ese momento. El cabello le caía sobre los hombros como una oscura cortina de satén negro y resaltaba el generoso escote del vestido.

¡Cuántas veces había enredado sus dedos en aquellos sedosos mechones negros…!

Rápidamente ahuyentó los recuerdos.

Su abuela les hizo señas a las recién llegadas y ellas fueron a reunirse con el resto de mujeres del clan Hudson. Entonces tomó a Dana de la mano y le dijo algo al oído.

Max no podía oír lo que estaban hablando, pero en ese momento comprendió algo. Ella se había convertido en una más. Era parte de la familia, una de ellos. Y ése era su lugar.

Dana se puso erguida, asintió con la cabeza y cruzó la habitación. Subió al escenario y se puso frente al micrófono.

—Buenas noches. Espero que hayan disfrutado de la velada hasta este momento.

Un murmullo de risas agitó el vasto salón. Pero Max apenas lo oía. Todos sus sentidos estaban puestos en ella.

Aquélla era la Dana a la que… amaba.

«Amaba…», pensó y sacudió la cabeza al entender la revelación.

Había estado tan ocupado lamentando la muerte de Karen que no había sido capaz de darse cuenta de lo importante que Dana había llegado a ser para él.

Y ella lo amaba, desde mucho tiempo atrás; y había esperado con paciencia y esperanza a que abriera los ojos.

—Les prometo que —estaba diciendo Dana, sonriendo— la velada será mucho más interesante a partir de este momento, y el único drama que presenciarán estará en la gran pantalla. Esta noche Hudson Pictures les trae una increíble historia de valor, heroísmo y amor verdadero. La clase de amor que todos quisiéramos tener, un amor que desafíe el paso del tiempo, un amor incondicional e indestructible… Señoras y señores, tengo el honor de presentarles *Honor*, la única y verdadera historia que narra el romance de toda una vida entre Charles y Lillian Hudson.

—¡Esperen! —gritó Max, corriendo hacia el escenario antes de que apagaran las luces.

Sorprendida, Dana lo siguió con la mirada mientras subía las escaleras.

Precedido de un pequeño revuelo de voces, él subió a la plataforma y se detuvo frente al micrófono.

Ella trató de marcharse, pero Max la agarró de la mano y entonces se volvió hacia la multitud.

—Un amor como el de mis abuelos es un regalo muy especial. Es fácil encontrar a alguien que esté a nuestro lado en los momentos buenos, pero no es ni la mitad de fácil encontrar a alguien que tenga el valor y la entereza para permanecer a nuestro lado en los momentos difíciles; alguien que nos apoye y nos cuide cuando ya no queremos hacerlo nosotros mismos. Los créditos de la película les dirán que Dana Fallon es la productora asociada de este proyecto, pero no les dirán que ella se ha vuelto parte de mi familia, de mi vida. Y no puedo ni siquiera imaginarme un solo día sin ella a mi lado. Ella ha sido mi única y verdadera compañera durante los últimos cinco años.

Dana contuvo el aliento. No podía creer lo que estaba oyendo, pero Max seguía adelante.

—Hace poco mi abuela me hizo una pregunta. Quería saber quién o qué me daba fuerzas para levantarme cada mañana. Y la respuesta a esa pregunta es Dana. Ella me da fuerzas para seguir luchando.

Se volvió hacia ella y entonces vio lágrimas en sus ojos.

Ella trató de marcharse, pero Max le apretó la mano con más fuerza. Ya no iba a dejarla marchar. Nunca más.

—Una mujer muy sabia me dijo que el amor verdadero es así, una de cal y otra de arena; que tiene días cálidos y apacibles, momentos tranquilos en los que basta con estar juntos; momentos en los que la vida pasa despacio; momentos en los que lo único que importa es estar unidos y en paz… Dana tú eres la mujer con la que he vivido esos días cálidos y apacibles. Nos une el mismo lazo indestructible que unía a mis abuelos, y espero que no sea demasiado tarde para despertar.

Dana ya no pudo contener más las lágrimas.

—Tenías razón. Tienes demasiado talento como para conformarte con ser mi asistente ejecutiva. Me has demostrado que te mereces ser la productora de este proyecto y vas a ser una de los mejores. Sin embargo, soy tan egoísta que aún espero que me hagas un hueco en tu vida.

185

Apoyó una rodilla en el suelo y Dana se llevó las manos a la boca.

—He estado ciego mucho tiempo y me he comportado como un imbécil, pero, por favor, déjame compartir no sólo los buenos momentos contigo, sino también los malos.

Le dio un beso en el dorso de la mano.

—Te quiero, Dana. Tú me has hecho mejor persona, más fuerte. Y quiero pasar el resto de mi vida contigo. Cásate conmigo y déjame darte ese cuento de hadas con el que siempre has soñado.

Dana le agarró de la barbilla y deslizó la yema del dedo sobre sus labios.

—Yo también te quiero, Max. Y nada me haría más feliz que compartir mi vida contigo. Sí, me casaré contigo.

Él se puso en pie, la estrechó entre sus brazos y, levantándola del suelo, giró sobre sí mismo. La besó con adoración y probó sus lágrimas de felicidad.

Los invitados comenzaron a aplaudir y entonces se oyó un fuerte silbido.

Max la soltó y se volvió en la dirección del sonido.

Sus hermanos se reían sin cesar y señalaban a Lillian, que les hacía señas para que se acercaran.

Tomando a Dana de la mano, la llevó junto a su abuela.

—¿Has silbado tú, abuela?

—Claro que sí. Puede que tenga muchos años, pero todavía me sé algunos trucos. Ya era hora de que recapacitaras, Maximillian Hudson.

Se quitó su anillo de compromiso y se lo entregó a su nieto.

—No podrías haberlo expresado mejor. Dana es parte de la familia y quiero que tenga esto, el anillo del hombre al que amé.

Dana reprimió una exclamación.

—Lillian, no puedo…

—Claro que puedes, y lo harás.

—Es precioso.

—Entonces, deja que Max te lo ponga.

Max tomó el anillo, le dio un beso a su abuela y se hincó de rodillas ante las dos mujeres a las que más amaba.

—Dana, ¿puedo?

Ella le ofreció una mano temblorosa.

—Con este anillo te prometo que siempre intentaré ser el hombre que tú necesitas que sea.

Dana iluminó todo el salón con su sonrisa.

—Ya lo eres, Max. Lo has sido durante mucho tiempo.

Max quería estar a solas con ella. Quería llevársela a casa y hacerle el amor hasta el amanecer, pero había doscientas personas esperando a ver la primera proyección de *Honor*, así que tiró de ella y se la llevó a su mesa.

–¡Adelante! –gritó y unos segundos más tarde las luces se apagaron.

Él conocía muy bien todas las escenas de la película. Sin embargo, esa vez la historia de amor de sus abuelos parecía diferente.

El amor no hacía más débil a un hombre, sino que le daba fuerza, poder, coraje… El amor le hacía parte de un todo. El amor le hacía mejor persona.

La película que Dana y él habían creado juntos era el mejor trabajo de su vida porque lo había compartido todo con ella, tanto los triunfos como las derrotas.

Un par de horas más tarde las luces se encendieron. La película había acabado, pero el resto de su vida no había hecho nada más que empezar.

En el Deseo titulado
Pasión arrebatadora,
de Catherine Mann,
podrás continuar la serie
DE PELÍCULA

Deseo™

En sus términos

TRISH WYLIE

El rico y atractivo Alex Fitzgerald contrató a Merrow O'Connell por sus habilidades como diseñadora de interiores, pero poco después decidió romper su norma más importante y llevarse a aquella belleza irlandesa a la cama. ¡Era la amante perfecta!

Merrow no quería discutir con su jefe, pero estaba acostumbrada a su libertad y no buscaba una relación. ¿Qué haría cuando el rico multimillonario deseara repentinamente que quería ser algo más que su amante?

No mezcles nunca los negocios con el placer

Acepte 2 de nuestras mejores novelas de amor GRATIS

¡Y reciba un regalo sorpresa!

Oferta especial de tiempo limitado

Rellene el cupón y envíelo a

Harlequin Reader Service®
3010 Walden Ave.
P.O. Box 1867
Buffalo, N.Y. 14240-1867

¡Sí! Por favor, envíenme 2 novelas de amor de Harlequin (1 Bianca® y 1 Deseo®) gratis, más el regalo sorpresa. Luego remítanme 4 novelas nuevas todos los meses, las cuales recibiré mucho antes de que aparezcan en librerías, y factúrenme al bajo precio de $3,24 cada una, más $0,25 por envío e impuesto de ventas, si corresponde*. Este es el precio total, y es un ahorro de casi el 20% sobre el precio de portada. !Una oferta excelente! Entiendo que el hecho de aceptar estos libros y el regalo no me obliga en forma alguna a la compra de libros adicionales. Y también que puedo devolver cualquier envío y cancelar en cualquier momento. Aún si decido no comprar ningún otro libro de Harlequin, los 2 libros gratis y el regalo sorpresa son míos para siempre.

416 LBN DU7N

Nombre y apellido	(Por favor, letra de molde)

Dirección	Apartamento No.

Ciudad	Estado	Zona postal

Esta oferta se limita a un pedido por hogar y no está disponible para los subscriptores actuales de Deseo® y Bianca®.
*Los términos y precios quedan sujetos a cambios sin aviso previo.
Impuestos de ventas aplican en N.Y.

SPN-03

©2003 Harlequin Enterprises Limited

Él no descansaría hasta encontrarla y exigirle
lo que le correspondía por derecho

Rachel Moore llevaba años enamorada del magnate maderero Bryn Donovan, desde que compartieron una noche ilícita juntos. Pero ella tan sólo era una empleada suya...

¡Lo que no sabía era que Bryn la había elegido para ser su esposa! Rachel estaba feliz... hasta que descubrió que la proposición del millonario se debía a la mera conveniencia. Ella era consciente de que él debía continuar la dinastía Donovan y, creyendo que no podía darle un hijo, salió huyendo.

Un amor desde
siempre

Daphne Clair

Deseo™

Juego seductor

MAUREEN CHILD

Durante tres años, ella había sido la imagen que turbaba sus sueños. El recuerdo de un apasionado y anónimo encuentro empujó al magnate Jesse King a regresar a Morgan Beach, California. Estaba decidido a encontrar a esa mujer misteriosa para poseerla una vez más. Un King jamás perdía.

Bella Cruz no se alegraba en absoluto de ver de nuevo a Jesse King. El millonario la había seducido, abandonándola después... ¡y ni siquiera la reconocía! Pero como era su nuevo casero, debía tener contacto con él. Esperaba que Jesse no descubriera su identidad porque, si así fuera, Bella jamás podría negarse a su seducción.

Había vuelto para reclamarla